Gaea

GAEA

異世遊

莫仁－著

BETWEEN 兩個世界・TWO WORLDS

3

異世遊 3 目錄

異世遊

因為……有鬼

過了不久，飛艇再度靜止下來，該是抵達了目標處。鄧山望向余若青小臉旁的窗口，飛艇果然又是停在一幢大樓上，也許這就是執行長辦公的地方了？

長型飛艇打開了口，吳沛重招呼手下，眾人紛紛往下走。鄧山讓余若青先行，自己拖著那花靈棍最後一個下飛艇，一面煩惱這大棍子礙手礙腳。

出了飛艇，鄧山四面一望，頗有點吃了一驚，這大樓不只是高，屋頂怎麼這麼大一片？單是這幢建築物就不知道要用掉多少鋼筋水泥……啊，這世界用的建材應該不是那種東西了，卻不知道是什麼東西？

吳沛重看著東張西望的鄧山，不由得皺起眉頭，他揚聲說：「鄧山？來吧。」

鄧山連忙抬頭說：「是。」一面看了余若青一眼。

余若青目光一轉，低聲說：「你跟著他們，我先走一步。」

「喔？」鄧山意外地點點頭。

「吳叔叔。」余若青奔到吳沛重身旁，希冀地說：「給我一分鐘好嗎？」

吳沛重那張黑臉上的濃眉，倏然皺成一團，停了幾秒才嘆一口氣，對余若青揮了揮手。

「謝謝吳叔叔。」余若青身子一彈，向著不遠處的電梯入口奔了過去。

鄧山不懂這是什麼意思，看余若青已經隱沒在入口處，只好望望吳沛重，又看看其他六人。不過，這些人都只是面無表情地靜立著，不知道在等待什麼。

等待余若青說的一分鐘嗎？鄧山有點訝異，不明白余若青多爭取這一分鐘有什麼作用。

不過一分鐘轉眼就到了，吳沛重突然點地，往那入口飄去，其他六人彷彿也在同一時間飄起。鄧山可不會飛，只好點地飛射，跟著七人跑。

進入電梯，鄧山才知道這大樓居然有三百層高，如果一層四公尺，這建築就超過一千兩百公尺了……這世界的建材眞不知道是什麼東西……

電梯向下，很快地停在兩百五十層。八人走出電梯，迎面是一個宏偉寬敞的空間，遠遠的一端，一個看似不到三十歲的女人坐在空間一角的大桌前，似乎很清閒。

當電梯門打開，那女人目光斜斜望了過來，看清走過來的八人，她親切地笑著招呼說：「吳部長。」

「連秘書。」吳沛重微微點頭說：「請通知執行長，我們抵達。」

連秘書剛要點頭，突然一笑說：「若青小姐剛到喔。」

「沒關係。」吳沛重說。

「好。」連秘書不再囉唆，按了桌面上的一個鈕。

過了片刻，連秘書旁邊的那面大牆突然向兩旁分開，只見厚厚一層……不對，看來似乎是三層厚重的大門同時往外拉開。

吳沛重等那大門拉開到足足超過四個人寬度之後，回頭說：「鄧山，你隨我來。」

鄧山跟著走，卻見其餘六人都留在外面，各自找了個地方站著。原來他們還沒資格跟著進去見執行長？隨著吳沛重走進門戶，裡面卻是空空蕩蕩的房間……啊，不，原來這是走道，還要轉過一個彎角。鄧山隨著吳沛重繞過一重玄關，鄧山吃了一驚，眼前出現一大片無邊無際的藍天，腳下則是滾滾翻騰的雲海，在雲海上不遠處，似乎放了一些東西……乳白色的大桌、櫃子、沙發等物，三三兩兩散落在雲端。一個膚色古銅、雙眉濃黑、有著一雙稜形虎目的長者，正坐在其中一組沙發上；而余若青站在離那長者不遠的地方，正向著這兒望來。

看來這位就是執行長了，鄧山又多看了兩眼，這人看來年紀不輕了，但又不顯老態，方形的臉龐有股不怒自威的神色，眼神和余若青過去的眼神挺像的……雖然沒有余若青這麼銳利，卻仍隱隱透出一股讓人不敢逼視的鋒芒，他穿著一襲黑色罩體寬袍，一雙修長的赤足，輕鬆而穩定地踩在雲端，也正向著鄧山打量。

如果說，康禹奇副執行長的外型像個中年帥哥的話，這位執行長不適合用帥來形容，卻有種懾人的魅力，那是一種在權力頂峰浸淫已久後，讓人自然而然低頭的氣質。

吳沛重往前直走，一路向著雲海踏過去，走到離那人約十步外，微微一禮說：「執行長。」

這雲海是可以走的嗎？鄧山心中知道，這八成是這世界科技所顯現的影像，不過踏下去還是有點心驚膽顫。

那執行長望著拖著長棍、有些愣頭愣腦的鄧山，目光中露出一抹笑意，突然一彈指說：「連秘書，我暫時不想被打擾。」

「明白了。」連秘書的聲音輕飄飄的，不知從哪兒傳來。

鄧山聽到這兩句話，心中突然一動，望向余若青，她是不是知道，若沒先來求見……可能會被拒於門外？所以才要求吳沛重等她一分鐘？吳沛重也因此才沒異議地等了這一分鐘？

余若青見鄧山突然盯著自己，她微微皺眉，蹙眉瞪了鄧山一眼，似乎是叫他別亂看。

「鄧山。」那人微微一笑，望著鄧山說：「過來一點。」

鄧山依言走近，越過吳沛重，想想也點了個頭說：「執行長。」

「對，我是執行長。」執行長說：「這幾日，我們又確認了一次你的資料，你在舊世界的資料看來沒問題，所以你和這世界的關係，就是因我們組織而建立、產生。」

「是。」鄧山說。

「那你和一百三十年前死亡的朱安陽怎會有關？」執行長緩緩說。

「誰？」鄧山吃了一驚。

執行長一皺眉說：「你看來不像是裝的？難道……你不知道他的名字？」

「那就是第四個共生者的名字。」金大突然說。

「是他？」鄧山吃了一驚，這還是第一次聽到此人的名字，而執行長又怎會發現的？

執行長果然是觀察入微，鄧山神色微微一動，他已經注意到，正緩緩說：「看來是想起來了？」

他知道了多少？自己該隱瞞多少？余若青又千萬交代不可撒謊，這下事情可糟糕了。

執行長望著鄧山說：「你牽連到這種事情，應該是意外，你有顧忌也很正常，但事情已經惹出，如果你還想保住自己的性命，就實實在在告訴我，還有一線生機。」

實實在在？能實實在在說就好了……鄧山忍不住嘆了一口氣，不知道該說什麼。

鄧山這麼一嘆氣，余若青和吳沛重臉色都微微一變。

吳沛重瞪了一眼說：「別放肆！」

嘆氣都不行？鄧山瞪大眼睛，這些人眞是匪夷所思。

「你來自很和平的地方，這也難怪。」執行長卻是一笑說：「你看過殺人嗎？」

當然沒看過，莫非這傢伙想讓自己看看？鄧山連忙搖頭說：「沒看過，也不想看。」

執行長輕哼了一聲說：「沛重。」

「執行長。」吳沛重躬身說。

「你帶他去大樓裡隨便繞一圈，半小時後再回來。」執行長突然說：「我和若青聊聊。」

余若青似乎有點吃驚，卻又不敢出聲，吳沛重倒是很直接地應是，跟著對鄧山招手說：「跟我來。」

鄧山望了余若青一眼，見她似乎也有點迷惘，鄧山只好聳聳肩，又拖著那根大棍子，隨著吳沛重往外走。

□

且不說鄧山參觀的過程。在那第兩百五十層樓中，余若青剛向那有血緣關係的執行長報告完今晨與鄧山練招的過程。

「妳用到五成勁，居然也奈何不了只練了一個月功夫的他？」執行長饒有興趣地說：「若換一個人對我說，我眞會懷疑是在騙我。」

「不止是奈何不了，許多時候我得用到六成氣勁迸出護身，才能抵擋他的攻勢，這還是因爲那世界沒有神能干擾，若在這世界，恐怕我已經不是他對手了……很明顯他是學武天才，不管他如何得到那些武技知識，能在一個月內如此靈活運用，彷彿已浸淫數十年般……這不可能用金靈的幫助來解釋。」余若青說：「另外，內氣量不斷快速提升也是一個奇異的地方……也許我們該讓更多那世界的人修練內氣，看看他是不是特例，還是那世界的人體質特殊……」

執行長搖頭說：「不用試了，他是特例……婉芝就是那世界來的，根本練不出名堂，浪費一個金靈。」

余若青這才想起自己母親也是那世界的人，怔了怔，沒說下去。

「所以……妳認爲不只是金靈的功效？」執行長說。

「不認爲。」余若青面色不變，沉穩地說：「金靈對他知識也許有幫助，但不是主要的原因，我相信在學武這方面，我遠不如他，他是千載難逢的天才。」

「居然能讓妳這麼佩服……」執行長露出意外的神色，緩緩說：「所以妳才沒取下他的金靈？」

「是。」余若青說：「我判斷……這樣不只是糟蹋了這個人才，也不能保證日後使用那金靈的人，能產生一樣的知識傳遞效果。」

「還好妳沒殺了他……否則今日可有點麻煩。」執行長突然一笑，轉過話題說：「妳的報告有提到『天選者』的事情。」

「是。」余若青雖不明執行長前半截話的意思，卻不敢發問，恭謹地回答說：「爲了應付這個變數，我考慮把投資資金抽回，準備擴大企業規模；另外，我希望能從母親那邊抽調幾名信得過的人手，過去管理企業……」

「等等。」執行長搖搖手，打斷了余若青的話。

余若青束手而立，靜待吩咐。

「我們對那世界沒有興趣。」執行長手指輕敲著沙發說：「我們留著那個小企業，只因爲這也是個穩定捕獲金靈的方式……當初答應妳試著擴充，是以爲沒有壞處，若需要帶人過去大張旗鼓，和那兒有實力的組織硬碰硬，就沒意義了……三十年前禹奇建立的架構雖然規模很小，但是各系統環環相扣，一直運作得很順暢。我已經告訴康倫，叫他不要多事。」

余若青呆了呆，不知道該怎麼說。

「我聽說鄧山堅持要回那世界？」執行長說：「只在比賽時才來？」

余若青心一驚，忙說：「他似乎有這樣跟康叔叔說，我是不大清楚。」

執行長說：「組織內修練內氣的高手不多，大部分都很忙，不能老跟著他跑，如果他眞是武學天才，該不會有問題……在這世界，反而問題比較多，讓他多待在那兒也好。」

執行長會這麼說，余若青反而很意外，她試探地問：「這幾天發生了什麼事情嗎？」

「大日城王前兩日對我們放出消息，要他這個人，又不肯說原因。」執行長說。

「什麼？」這可眞讓余若青大吃一驚：「組織……沒答應他們吧？」

「當然。」執行長微微一笑說：「憑這一句話就想討人，就算他是大日城王，也太可笑了。」

「他……怎會惹到大日城王？」余若青心念一動說：「難道是因爲……他曾求教於叛出朱家的朱安山？」

「不是。」執行長說：「朱安山在五日前返回朱家，聽說朱家舉辦了很隆重的歡迎儀式，正式聘他爲『族老』，這可是一人之下、萬人之上的職位。」

「聽媽說……他和朱安山相處得很不錯……」余若青又說：「莫非大日城王口中說討人，實際上對他沒有惡意？」

「有沒有惡意還不知道。」執行長說：「不過，據我們耳目探聽到的消息，提出追討鄧山的是另一個族老，朱安山還曾經提出反對意見。」

「那又是爲了什麼？」余若青問。

「細節不能確定。」執行長說：「但該是和朱家四代家主朱安陽死亡之謎有關。」

「啊！」余若青吃了一驚說：「剛剛您提到朱安陽，原來就是朱家那位失蹤的四代家主？」

「妳也聽過他？」執行長有點意外。

余若青點頭說：「他是戰鬥比賽大會成立兩百五十年來，唯一在兩種戰鬥比賽同時奪冠的傳奇人物，不只是前無古人，在控能比賽改爲表演賽的現在，這紀錄更是後無來者了。」

「小孩子就只知道這些。」執行長微微一笑說：「朱安陽那時已過百歲，跑來南谷大鎮參加戰鬥比賽奪冠，雖讓他聲名大譟，但他身爲一城之主，輩分又尊，這種行爲實在有點無聊……最重要的是，他奪冠之後，突然銷聲匿跡了兩年，整個人世間沒有他的消息，傳說……他是跑到花靈之境去了。」

「那是哪兒？」余若青畢竟才二十五歲，知道的事情不多。

「總而言之，他這行爲牽扯到了一個失蹤數百年的王邦重要物品。」執行長不想細說，頓了頓說：「而他返國後不久便再度失蹤，朱家人只在城南並峰谷道周圍，找到他與眾多敵人激戰的痕跡。依當時的戰況與敵人數量來看，他該是無法在那樣的戰鬥中存活……不過這麼一來，那物品可就又失蹤了。」

「這和鄧山該沒有關係吧？」余若青其實關心的還是這個問題。

「妳看這個。」執行長手一招，桌面上飛過一個薄板，向著余若青飄去。

余若青接過，啓動薄板上的顯示器，見下面出現了一個自己不大熟悉的地圖影像，上面一個紅點迅速從西南往東北移動，跟著停留片刻，又從東北往西南返回，東北、西南兩方位都顯示出一座似乎頗有規模的城市。

「這是我們的人從大日城警部盜取出來的資料。」執行長說：「妳按鈕看看詳細資料。」

余若青按下去，不由得吃了一驚說：「這是鄧山？那是大日城？」

執行長說：「那兩個城是奔雷城和大日城，紅點折返的地方就是並峰谷道……鄧山因超速而被衛星留下紀錄。」

余若青不由得也產生了疑惑，這種路線，怎麼看都是專程爲了去並峰谷道一趟，鄧山沒事跑去那兒做什麼？余若青遲疑了一下說：「這樣也不能代表他和朱安陽有關吧？」

「這資料，朱家不知道爲什麼留意到了，派人去他停留的地方詳細搜查了一番。」執行長說：「最後找到了一座新建的簡陋墳墓。初步檢驗，裡面埋葬的骨骸，死亡時間約一百三十年。」

余若青大吃一驚，手一鬆，薄板砰地一聲摔到地面。她連忙撿起，吃驚地說：「這怎麼可能？怎麼可能？」

「至於到底是不是朱安陽，朱家針對遺骸另有詳細檢查，這方面的結果，我們的探子查不到。」執行長說：「但是看朱家這樣的動作，幾乎是可以確定了。」

這代表鄧山和朱安陽果然有關係？但是他這麼單純的人，又怎麼可能和朱安陽扯上關係？余若青突然睜大眼說：「一定是朱安山，那時鄧山在他家學習，一定是他要鄧山去那地方，朱安山超過一百五十歲了，當年的事情他有一份並不奇怪。」

「很好，妳思緒越來越敏捷了。」執行長微笑說：「不過妳資訊不夠，朱安山追查朱安陽的事情追了半個世紀，見朱家漸漸沒人在意此事，上位者又似乎不支持追查，他才憤而離開朱家，若說他與謀害朱安陽有關，實在讓人無法相信。就算如此，他又為什麼隔了一百三十年才讓鄧山去埋葬朱安陽的骨骸？他認識鄧山可也不到半個月……而且當年朱家翻遍了地皮，也沒找到朱安陽的半根手指，突然一具骨骸憑空出現在那兒，也讓人難以索解……」

也不對嗎？余若青皺眉問：「那……朱安山為什麼突然返回朱家？」

「這件事情也是一個謎團。」執行長微微皺眉說：「照理來說，這是喜事，但是很奇怪的，朱家上位者人人諱莫如深，不知道隱藏了什麼玄機。」

「所以，您希望從鄧山口中問出他和朱安陽的關係？」余若青低聲說。

「嗯。」執行長說：「也許他還知道更多事情，比如那王邦重要物品的下落……最重要的是，他明明不該和朱安陽有任何關係，怎麼會扯上的？經由什麼管道？他應該一直在我們組織控制下，我們組織爲什麼一點都沒察覺到有外人跟他接觸？」

聽到這兒，余若青思索片刻，突然抬起頭說：「執行長告訴我這麼多，是希望我……」

「嗯，這件事情就交給妳問。」執行長哂然說：「他是個不懂事的小子，恐怕有點心存僥倖，我不能壞了自己定下的規矩，又有點不捨得隨手殺了他，所以還是先交給妳吧。」

余若青知道，執行長絕不允許有人在自己面前說謊，鄧山要是胡言亂語，那可眞是死路一條，還是自己來問好些，於是點頭說：「我會問清楚的。」

「最好這樣。」執行長望著余若青，微微一笑說：「妳比較會打扮了，比妳媽年輕時還漂亮。」

余若青微微一怔，低下頭說：「多謝執行長誇獎。」

「是因爲那小子嗎？」執行長調侃地望著余若青說：「他不是有愛侶嗎？」

余若青的臉龐控制不住地紅了起來，有些慌張地搖頭說：「不……和他沒關係……只是因爲我去那世界的時候，察覺到自己的打扮有些特殊，爲了融入那個世界才更換裝扮。」

「這樣嗎？」執行長望著余若青，似乎不是很相信。

「既然我們不準備涉入那個世界……」余若青低下頭說：「等我詢問鄧山並向執行長報告

之後，我希望能儘速返回自己部隊。」

「如果妳這樣希望……當然沒問題。」執行長似乎有三分意外，但他也不多說，只接著原來的話題說：「自從我拒絕朱家之後，他們至少派了二十多個人來到南谷大鎮，相信這外面也有人日夜等候，如今鄧山出現的消息可能已經傳了出去，要提高警覺。」

難怪要吳沛重領隊來保護鄧山……余若青點頭說：「我知道了。」

「那麼，這兒讓妳使用。」執行長站起說：「我有事先走一步，我會交代連秘書。」

「是。」余若青愣愣地說。

執行長不再多說，轉身從另一個方向出房。

余若青在房中坐下，茫然思索片刻，突然傳出房門開啓的聲音，鄧山與吳沛重兩人走了進來。余若青目光轉過，看著鄧山，實在看不出他居然牽扯到這麼複雜的事情裡……

余若青嘆了一口氣說：「吳叔叔，可以讓我和鄧山單獨聊一下嗎？」

吳沛重也不多說，微微點了點頭，轉身就走了出去。

「鄧山……」坐在椅子上的余若青望著他，緩緩說：「執行長離開了，他交代我問你幾件事情。」

「喔？」鄧山輕鬆不少，余若青可比執行長好說話。

「你知道執行長爲什麼要我來問你嗎？」余若青說。

「我不知道。」鄧山搖搖頭說。

「對他說謊的人，一般都是處死的。」余若青說：「他怕你不知輕重，隨口亂說，逼他殺了你……」

「什麼？」鄧山大吃一驚：「這兒的社會還有沒有法律啊？」

「南谷大鎮本就是商人群的集合體。」余若青淡淡地說：「商人最重要的法律就是不能違約，其他一切都還好商量……南谷大鎮自治團體當初只簡單地定了一些規矩，罰責很簡單，法院會看爭端訂定賠款金額，賠不出來的人就由債權人任意處置，並沒有所謂的監獄。」

「就算這樣，也不能只爲了說謊就殺人啊。」鄧山瞪眼說。

「你知道這是一個很大的企業吧？」余若青說。

「那又怎樣？」鄧山說：「大企業也不能隨便殺人。」

「身爲這企業的員工對企業首腦說謊，使首腦判斷錯誤、企業蒙受損失，當然該由這員工負責。」余若青又說：「那你又知不知道，這麼大的企業首腦萬一判斷出錯，會損失多少錢？」

鄧山越聽越不對，他瞪眼說：「還有這樣算的？」

余若青聳聳肩說：「總之，如果你說謊被他抓到眞憑實據，送去法院，你還是得隨他處置，因爲你一定賠不起他的損失。」

「媽的！」鄧山終於忍不住罵粗話，他憤憤地說：「看來得早點辭職，啊，我不說謊，我不想跟他說話可不可以？開除我啊！」

金大立即大聲讚揚：「說得好！我們辭職！」

「那也得先還債啊。」余若青嘆了一口氣說。

「我眞被你們綁死了。」鄧山愣在那邊說：「這世界好惡劣，我要快點賺滿一千萬還了以後閃人。」

「如果只是一千萬的問題，那還不算太困難……」余若青低頭說：「我有存些錢，再跟公司貸款的話，湊一湊可以幫你湊到……」

鄧山吃了一驚，自己怎麼可以拿余若青的錢還債，他連忙說：「不成不成，我不能拿妳的錢。」

「就算你和我都願意也不行。」余若青咬著唇說：「你金靈表現出的能力根本不只值一千萬……這官司打下去沒完沒了。」

「難道要我作牛作馬一輩子？」鄧山說：「這就太過分了……」

「剛剛跟你說的……」余若青突然說：「其實都是表面上的理由。」

「什麼？」鄧山抓頭說：「妳把我搞糊塗了。」

「法令上是這樣沒錯，但其實誰也懶得去打官司……」余若青說：「大家都是靠自己實力在執行，誰拳頭大誰就有理，除非兩邊差不多，都不敢貿然用武力解決，才會考慮鬧到法院去；要不然就是兩邊都只是小人物，也可能會找法院。」

「所以說，大要和小鬥的話，小的就死定了？去法院也一樣。」鄧山哼了一聲說。

「也不是，如果鬧去法院，還是看誰有理。」余若青說：「不過到時候沒實力的一方，可能沒人可以出庭了。」

「還不是一樣意思……」鄧山說：「這樣還搞什麼企業，直接當強盜不是快點？」

「如果這兒只是強盜窩，也沒人要來了。同樣的，如果一個大企業太霸道，也沒人要和他作生意。」余若青說：「正常來說還是大家一起賺錢，大企業也不會無緣無故地欺負小企業。但你身爲員工，還欠了公司債，又不想聽公司的話，那就很難說得過去了。」

「我也沒不聽啊……」鄧山終於死心，嘆氣說：「我不是來準備參加資格考了嗎？」

「總之……以你的天份，這般的進境，」余若青目光凝視著鄧山說：「我相信你很快就會強大到可以自保，那時誰也不敢貿然惹你的。」

看來這是個很純粹的弱肉強食的世界。鄧山思前想後，忍不住搖頭嘆息說：「我眞後悔當初去那公司應徵……」

「我也很後悔躲那個洞被你逮到。」金大跟著說。

「你……」鄧山在心中嘆氣說：「你別湊熱鬧了。」

「好啦。」金大說：「只是開開玩笑。」

此時，余若青再度坐在那彷彿飄在雲端間的沙發上，一面對鄧山說：「坐吧。」

「嗯……」鄧山坐在余若青身側，兩人之間隔了一段距離。

「我有些事情想問你，也不希望你騙我。」余若青溫聲說：「更不想跟你爾虞我詐地套話……我把事情清清楚楚地告訴你，你就老老實實地回答我，好不好？」

鄧山很怕這種狀況，他嘆氣說：「我也老實跟妳說，我確實偶爾會說謊，但眞的都是不得已的。」

「居然先說明了你會說謊？」余若青不知該氣還是該笑，嘟嘴說：「什麼事情都可以商量啊……難道你不相信我？」

「不是。」鄧山搖頭說：「有時候是牽涉到別人，或者某些承諾，否則我自己的事情有什麼好瞞妳的？」

「你自己的事情還不是一堆不肯告訴我的。」余若青怔了怔，突然說。

「什麼？哪有？」鄧山愕然問。

「上次我問你，我聽不懂的事……你還不是不肯說。」余若青微紅著臉避開鄧山目光，低頭輕笑說。

「那個……」鄧山突然想起來，尷尬地說：「那個不一樣。」

余若青自覺不妥，收起笑容，正了正臉色說：「不提那個，說正經的……剛剛執行長告訴我……」

余若青當下把剛剛執行長說的事情，完整地對鄧山說了一次，最後才說：「你總要給我們一個完整的解釋，實話其實是最不會有問題的……你要是說謊，真會害到你自己。」

鄧山本也猜得出來，問的事情八成又會牽涉到金大，所以早已抱持了說謊的念頭，卻沒想到會是這件事——上次埋葬那位老前輩的事情居然曝光了……而朱家想抓自己去問話？而且朱安山老師居然返回了朱家？這麼說來……那誓約之印應該是帶回朱家了？

這兩個消息一比對，朱家會更肯定自己和朱安陽之死有關……至少也知道他屍體放在那兒，所以他們要找自己問清楚很正常；只不過朱安山對自己比較友善，他反對追討自己，可能想私下詢問，不想把事情鬧大。

朱安陽當初被人圍毆，躲在樹洞中死去，一百多年沒人知道，這件事無論在敵在友都是一個大謎團，自己莫名其妙知道了，要怎麼對別人解釋才能說得通？

「你……」余若青見鄧山老半天不說話，有些不高興地說：「在想怎麼騙我嗎？」

這話說到鄧山心中深處，鄧山吃了一驚說：「當然不是，這件事情牽連複雜，我在想要怎麼跟妳說。」

「你可以從……你怎麼知道朱安陽屍骨所在地這點開始說起。」余若青早就想好了。

「讓……讓我整理一下。」鄧山只好敷衍地說。

終究還是要說謊嗎？余若青也不逼迫，只望著鄧山嘆一口氣說：「好吧，你慢慢想。」

這謊話到底該怎麼說？鄧山忍不住罵金大：「都是你說不能洩露你醒著的機密，害我謊話越說越多。」

「現在這樣，就已經有人想殺你取得金靈了，但你至少還可以裝天才，要是當眞說老實話，你被殺的機會更大吧？」金大說。

這話說的也沒錯，鄧山抱著頭，不知道該怎麼辦。

「啊，我想到一個辦法！」金大說。

鄧山吃了一驚說：「你終於也學會說謊了？」

「不是，你抱著她肩膀說：『若青，我很想親妳！』然後把她推倒。」金大得意地說：「她就會忘記追問了。」

「你……這死傢伙……」鄧山還眞的以爲金大有什麼好主意，這下可是大失所望。

「你以前就這樣拐過另一個女人啊。」金大意外地說：「而且很成功！怎麼這次不行？」

「我……我不想跟你解釋……」鄧山說：「你別吵，我想看看怎麼辦。」

「好吧、好吧。」金大嘟嘟囔囔地說：「好心沒好報。」

鄧山想了半天，終於對金大說：「只能這樣說了。」

「眞的要這樣嗎？」金大有點遲疑說：「好像比實話還難讓人相信。」

「可是實話有危險啊。」鄧山說：「這個好像比較安全。」

「喔……」金大說：「……好像是沒錯啦。」

「主要是有沒有破綻。」鄧山說：「我以前說的謊難道就很像眞的？只是他們找不到破綻，勉強相信而已。」

「好吧，反正說謊還是你比較在行。」金大終於投了贊成票。

鄧山偷望余若青，見她似乎很有耐心地等候著自己，不過眼神中似乎有點無奈，她該也認爲……自己花這麼久時間，只是爲了想理由騙她吧？自己也很想說實話啊……她對自己眞是很好，她爲什麼對自己這麼好？……鄧山心中湧起歉疚和感激的情緒，凝視著余若青，不知道自己該怎麼補償她。

余若青看著鄧山，見鄧山煩惱半天之後，突然痴痴地凝視著自己，彷彿失神了一般。余若青別過目光，又忍不住回頭偷看，看鄧山還在呆望，她心中不禁胡思亂想。這一想，越想小臉越是滾燙，她忍了片刻，終於站起說：「你再這樣看我……我……」

鄧山吃了一驚，回過神來，這才發現自己剛剛居然失態了。鄧山拍著自己腦袋站起，尷尬地說：「對、對不起，我剛剛不知道想到什麼事情去了……」

余若青轉過身，背對著鄧山說：「我……不想知道你想什麼……你到底要不要跟我解釋？」

「要，要。」鄧山連忙說：「妳坐下聽我說。」

余若青坐回原位，看鄧山似乎不敢坐，反而退開了兩步，她心中雖然鬆了一口氣，又不禁有點莫名的生氣，忍不住瞪了鄧山一眼說：「還不快說。」

「我剛想這麼久，是在想，到底該不該跟妳說實話。」鄧山開始鋪陳說：「我一直很掙扎，因爲說實話，沒人會相信我的……」

「爲什麼呢？」余若青不疑有他，懇切地詢問。
鄧山終於說：「這是因爲……有鬼……」

異世遊

不報名了？

「什麼？」余若青張大嘴說。
「還是你們這世界不叫鬼了？」鄧山說：「靈魂？魂魄？」
「我知道你在說什麼！」余若青皺眉搖頭說：「什麼叫有鬼？」
「那位老前輩，朱安陽啊。」鄧山說：「和我合體的金靈，當年就是他的金靈。他當初臨死前，找到方法把魂魄擠入金靈之中，現在就到了我身上，他偶爾會冒出來告訴我一些事情……很多知識都是他告訴我的。」
「這……這是什麼鬼話……」余若青有點生氣地說：「你要騙人也得編得像樣點。」
「妳看！」鄧山也裝出生氣的模樣說：「我就說你們會不信吧？不然我早就說實話了。」
「這……這是眞的嗎？」余若青還眞被鄧山唬過了。
「不然，我怎麼知道他當初死在哪兒？」鄧山攤手說：「我敢說，這世界沒人知道。」
這話還眞有點道理，一百三十年來沒人找得到，卻被鄧山找到了，除了這個理由，其他又有什麼理由解釋得通？不管是敵是友，如果知道朱安陽遺骸所在地，爲什麼會拖了一百三十年不管，直到此時才叫鄧山去處理？更何況有那麼重要的物品遺落在旁……
余若青想到此處，訝異地說：「那……那朱安……朱老前輩……都跟你說什麼？」
「他……不常說話。」鄧山轉著眼珠說：「通常是指點我練功……有時候和我說幾句話就又消失了，出沒很隨性的。」

余若青想到一事，忙問：「執行長剛剛有說，朱老前輩身上帶著一個重要東西……」

「對啊！」鄧山拍手說：「就是爲了那東西，他才逼我去撿骨，他放不下心。」

「那麼，那東西呢？」余若青問。

「交給朱安山老先生啦。」鄧山說：「那是他生前交情很好的族弟，他指定交給朱老先生。」

「難怪朱安山在這之後就返回朱家了……」余若青說：「他是爲了交還那東西？也因此被尊爲族老？他知道你……你身上有鬼嗎？」

「我沒說，我叫他不要問理由。」鄧山故意說：「誰都不會相信吧，我看妳就不信。」

「我……」余若青有點尷尬地說：「我不是不信，剛聽到很難接受。」

「所以我懶得解釋啊。」鄧山聳肩說：「我又不欠他什麼，他拜託我幫忙，我就幫幫，然後交出去以後就不管了。」

「你……」余若青呆了呆說：「他沒叫你做別的事情嗎？比如報仇之類的。」

「沒啊。」鄧山想了想，突然說：「他倒是對較技比賽挺有興趣……嗯，只有這樣。」鄧山本想把金大發威的狀態乾脆說成鬼魂附體，不過想想這樣增加的麻煩更多，不要畫蛇添足比較好。

「就爲了這麼簡單的理由……」余若青站起，轉來轉去說：「朱家根本沒必要追討你……但是該怎麼和他們解釋？他們會相信嗎？」

「對啊，解釋最麻煩了。」鄧山由衷地苦笑說。

「他們可能還想知道當初是哪些人圍攻的……」余若青說：「朱老前輩有告訴你嗎？」

「他說都蒙面耶。」該說出有三種不同的功夫嗎？鄧山拿不定主意，只好先打馬虎眼說：「所以不知道。」

余若青怔忡良久，突然說：「我早上和你過招的時候，他有出現嗎？有沒有什麼批評？」

「批評？」鄧山呆了呆才說：「他只出現一下，然後說……說什麼……我想想……嗯……喔，想起來了，說妳的閃影刀法，是玄夜城單家外傳別支自創的刀法，會的人不多，一共七七四十九招，妳似乎只學會四十二招，沒看到最後七招。」這一大串自是金大臨時補充的。

余若青抓著鄧山手臂，激動地說：「你眞的……眞的沒騙我，我剛還懷疑你……原來是那位前輩在指點你，難怪你功夫這麼好……」

余若青的師父當年就沒學會那最後七招，余若青自然也不會。會有七招失傳，主要就是因爲當年這一脈脫離單家，移居南谷大鎭後人丁單薄，漸漸沒落，所以認得這套刀法的人更少。

此時鄧山卻能如數家珍般娓娓道來，若非知識淵博的老前輩，怎能如此？

「原來妳到現在才相信我。」鄧山嘆口氣說：「其實跟朱家說老實話也沒關係，我可以讓他們問朱安陽前輩的任何問題，保證眞材實料、有問必答、童叟無欺。」反正有金大當靠山，朱安陽什麼事情瞞得了金大？

「糟糕。」余若青突然神情一凝說：「那位前輩可是被眾多高手圍攻而死的，這件事情雖然過了一百三十年，但難保沒有相關的人物還活著……他魂魄附在你身上的事情要是傳了出去，說不定惹來一堆強敵想殺了你永除後患。」

「呃……」鄧山倒沒想到有這缺點，苦著臉嘆氣說：「我早知道不該說實話的。」

「都是我逼你說出來。」余若青輕握了握鄧山的手，溫柔地說：「我們不會把這事隨便傳出去的，好不好？」

「這女人手又來了！危險！」鄧山心一跳，金大馬上有反應，哇哇叫說：「我看你總有一天會偷吃。」

鄧山不由得有些尷尬，回握過去不對，鬆開手也不對，只好保持原狀，假作不知，點頭說：「那你們要怎麼跟朱家解釋？」

「我和執行長商量一下。」余若青不著痕跡地鬆開手，轉過身說：「先問問吳叔叔，他該幫你安排了宿處……我們和朱家說清楚之前，還得小心他們來搶人。」

嗄？搶人……鄧山抓抓頭，拿起棍子，隨著余若青往門口走去。不過鄧山現在心中可安心了些，萬一真的「被搶走」，大不了拿這套說詞出來應付，該可以混得過去吧？

□

吳沛重確實安排了地方讓鄧山休息，不是別的地方，正是這大樓的一百五十層，戰鬥部的專屬樓層。不過，鄧山能休息的時間也不多，下午還得出去一趟，完成資格試的報名手續。

余若青陪鄧山到休息處之後便離開，也許是去找執行長報告，也可能是處理一些她自己的事情，鄧山也不大清楚。

在房中休息的鄧山無事可做，有時想想心事，有時和金大有一搭沒一搭地聊天。

此時他念頭一轉，突然問金大說：「你多跟我說點那位朱安陽前輩的個性，免得我轉述的時候露了馬腳。」

「個性？」金大說：「該怎麼說，他很聰明，也很厲害，學東西很快，但是要看他有沒有興趣，有興趣的他會鑽研很久，沒興趣的他摸一下就扔了跑掉，很沒耐心……」

「嗯……」鄧山說：「那他的待人處世呢？是客氣還是跋扈？還是……？」

金大說：「算是很沒心機那種吧？有點粗枝大葉，不拘小節，他雖然很聰明，但是很少去留神周圍人事物的變化，所以才會被暗算。然後，他年紀一把了，對小孩玩意兒卻還是很有興趣，常常和族中小朋友玩在一起，比如大眼兒，還有他一群孫子、孫女。」

「什麼？一群？」鄧山訝然說：「他有多少子女、多少孫子女？」

「這得算算喔。」金大數著：「六個女兒，三個兒子，在他死之前，就有接近三十個孫子、孫女，曾孫也有了喔，好像七、八個……」

「這麼會生喔？」鄧山咋舌說：「這邊的人不作家庭計畫的？」

「那是什麼？」金大沒聽過。

「就是不生太多小孩，以免人口過多。」鄧山說。

「那是你們那個世界。」金大說：「這兒人口沒這麼多。」

「喔。」鄧山想了想說：「孫子、孫女可能也死得差不多了，曾孫可能還有點機會活著……這兒每個人都活這麼久，然後一路生，這樣輩分很亂耶。你看，他和朱安山老先生同輩，就差了近百歲，換個角度說，他的孫子女其中有人還比朱老先生還大呢，卻比他小了兩輩，還得叫他族爺爺？」

金大想了想才說：「對呀，這又怎樣？」

「久而久之，互相叫起來一定很累。」鄧山說。

「反正輪不到我們叫。」金大說：「你在這兒不是半個親戚都沒有？」

「我是擔心萬一我那鬼身分傳出去，會出現一堆曾曾孫跑來拜見，那可就有趣了。」鄧山笑說。

「唔……」金大呆了呆說：「好像挺好玩的。」

「我只是說說而已，你別太認眞。」鄧山深怕金大興致來了，成天要自己表演鬼上身，那可有點麻煩。

不久後門口傳來鈴聲，鄧山開門，見吳沛重站在門口說：「準備出發了，去會場。」

「若……余小姐還沒回來嗎？」鄧山問。

「她還在和執行長談。」吳沛重看了看鄧山說：「我們接到命令，先去會場。」

「喔？」鄧山點頭說：「那就去吧……我衣包帶著，還是……」

「放這就好。」吳沛重突然說：「你的武器呢？」

「喔，不用帶了，今天反正用不到，不是嗎？」其實鄧山嫌麻煩，剛剛已經偷偷變小收在身上。

「該是用不到。」吳沛重也不追究，點頭說：「那就走吧。」一面轉身領路。

轉出這層樓的房間區，就是一個類似活動中心的空間，又是六個中年人站在哪兒等候。鄧山看過去，卻發現換了不一樣的六個人，也不知道是輪班還是怎麼？

鄧山在七人護衛下，向著一片對外平台走去。鄧山本以為那兒會有飛艇之類的飛行器等候，卻發現那兒只是一座頗精緻的空中花園，放眼望去綠意盎然，感覺挺舒服的。

「身體放鬆，我帶你去。」吳沛重說。

「什麼？」鄧山沒聽懂。

「我用神能托著你飛。」吳沛重說。

「喔？」鄧山沒想到還能這樣，愕然點頭說：「好。」

吳沛重也不和其他六人打招呼，揚手之間，一股龐然能量在兩人周圍匯集，拖著他和鄧山往空中飄去。那六人也不遲疑，同時控制能量浮起，成六邊形圍住吳沛重與鄧山，隱隱然有保護的味道。

「走吧。」八人不先不後同時往西方飄去。鄧山雖然從沒被這麼托上空中，但是畢竟自己也在空中飛過不少次，倒不怎麼害怕，萬一吳沛重突然把自己扔下，大不了就控制金靈變出翅膀滑下；雖然這些動作過去大多是金大在控制，但是這畢竟屬於變形小道，鄧山也掌握得比較快。

八人速度保持穩定地往前飄行，鄧山突然注意到，這八人所控制的神能雖然來自不同人體內，但是施出之後卻分辨不出差異，七股能量緊密結合在一起，彷彿一體。

那麼是誰在控制？吳沛重嗎？這個鄧山倒是判斷不出來了。而如果神能可以這樣結合，豈不是代表他們的能力可以累加起來？難怪王邦當初打不贏神國了。

「不是這樣。」金大說：「神能和內氣不同，不能這樣比。」

「不然是怎樣？」鄧山說：「不也只是一種能量嗎？」

「神能是神的能量。」金大說：「神法是引入一部分神的能量當媒介，然後藉著這些媒介控制世間神能，體內引入的神能越多，能控制的體外神能就越多。」

「那樣還是比練內氣的有優勢啊。」鄧山說。

「但是一個範圍內的神能有其上限。」金大說：「如果有兩個能力很強的高段神使同時出現在一個地方，其中一個等於沒用了，因爲短時間沒這麼多神能可以讓他們御使，但練內氣的就不同了。」

「唔……」鄧山倒沒想到過這點，他呆了呆說：「所謂的一個地方是多大？」

「集中能量的速度，每個神使也不同，越龐大的能量需要的時間會越多。」金大說：「如果聚集需要時間太久，敵人欺身攻擊，反而糟糕。」

「我記得你說神使有個叫……『界』的功夫？」鄧山說。

「對，但那是瞬間迸出體內神能的自保招式，並不像引外界神能這樣可以運用數倍的強度。」金大回答。

「唔……」鄧山突然說：「難怪你說神使去我那世界沒用……那上次那位副執行長用神能和我過招，都是用他體內蘊藏的？」

「對呀。」金大說：「我跟你說過，他對你來說，算是高手啦。在這兒的話，他可以用的神能是數十倍在計算的，在這兒交手，你一下就被壓扁了，不過在那邊他就大大吃虧。」

「呃……」鄧山呆了呆說：「那這幾位呢？」

「也不錯，不過沒這麼厲害……」金大說：「領頭那個應該比較厲害……不過神能和內氣性質不同，只能看個大概，實際上還是要動過手才知道。」

希望不需要和這些人動手。鄧山轉念又想，康倫等人好像能力就差很多了，不過就算這樣，他們也是可以輕鬆地飛行……神能可眞方便啊。

「當然啦。」金大說：「要讓一個人飄飛，百多公斤力道就夠啦，以十倍引用來算的話，只要他體內神能能搬動幾十公斤重的東西，就能很輕鬆地帶著自己到處飛了。」

「這麼輕鬆喔？」鄧山說：「我不靠你就能一跳三樓，內氣能輸出的力量比這可大多了，但還是只能跳來跳去。」

「因爲內氣是從體內湧出推動，你跳到空中以後就沒地方可推了。」金大說：「虛空散出內氣又會被神能破壞掉，只好摔下來。」

「喔。」鄧山苦笑點點頭。

這點頭動作引起了吳沛重的注意，他目光轉過，詢問地望了鄧山一眼。

鄧山連忙尷尬地搖搖頭，還好吳沛重沒追問，繼續控制著神能往前飄飛。

飛出一段時間，飛過了許多高大的大樓，底下建築物好像漸漸少了，周圍林木漸漸增多，在不遠處，一座佔地頗廣的圓形建築物出現在森林之間，看樣子那應該就是所謂的大會館了。

八人逐漸接近那大會館，下方不遠，就是一個讓神使飄落的大型陽台。不過，吳沛重突然停了下來，微微輕喝一聲。鄧山感覺到，連吳沛重在內的七個中年人，突然都提高了輸出能量，相對地，四面八方也不斷有能量往周圍匯集，彷彿一個大球般包住八人。

這又是在做什麼？鄧山有點訝異，莫非這兒有敵人？正想間，吳沛重已經帶著鄧山緩緩落地，前方不遠處就是大會館的入口，那兒看來人來人往，裡面人並不少，不過這個降落口卻沒什麼人出入。

鄧山正想舉步，突然覺得有點怪異，低頭一看，才發現自己離地面還有三十公分左右，卻仍飄浮在空中，原來吳沛重的神能尚未解除，依然聚在八人周圍。

此時外圍六人往內走了一步，原來的六邊形縮小了些，但是感覺氣勁似乎也更結實了。吳沛重手一揮，包覆著八人的能量往前緩緩飄去。

這樣一路走過去，到了那落地大門之前，總得解散吧？吳沛重這般如臨大敵，難道他們獲得消息，朱家打算在這兒搶人？

八人飄到那些透明大門之前，鄧山心神頗有異感，又是那種彷彿被人監視的感覺。他抬頭一看，正好看到建築物上方，數道黑影正迅速撲下，同時這陽台的外側也有好幾條人影正迅速衝來。

吳沛重倏然大喝一聲，那個圍繞著眾人的神能大球突然帶著人斜往後衝，往那迎來的黑影群正面撞去。

兩方力道一碰，轟地一聲，鄧山感覺自己往外飛的去勢突然微微一滯，但那些黑影似乎敵不過神能的威力，隨著那聲巨響同時往外崩開，神能護罩馬上再度加速，只一瞬間，就帶著八人飛騰上數十公尺高。就在這一瞬間，落地窗那兒突然數扇大玻璃門同時崩開，十幾個衝出的人看著八人遠遠上騰，似乎都露出意外的神色。

原來那兒還埋伏有人？鄧山心想，吳沛重不知道是經驗還是事先打探清楚了，知道往外退出包圍，否則剛剛若是硬要往內搶，剛好被人前後合圍。

吳沛重突然說：「朱檢儀舜威公可在？」

什麼東西？那是人名嗎？鄧山微微一愣。

「檢儀，是職位名稱。」金大解釋：「他在喊一個名叫朱舜威、職位是檢儀的老頭，這名字我倒沒印象。」

吳沛重喊了片刻，見那群人紛紛騰躍上屋頂，盯著八人，卻無人出面應答，而建築物其他窗口也出現不少人正探頭探腦，看來剛剛那一聲氣能衝突的爆響引起了不少人的注意。

吳沛重接著又說了一句：「本企業執行長已有交代，只要看到諸位在此，我們就不下去報名了，我們仍有溝通的誠意，執行長命吳某負責傳話，請問此時由哪位出面交代？」

「不報名了？」鄧山聽了一愣。

吳沛重聞聲，點頭低聲說：「進去就出不來，進不得。」

所以明天的資格考也不用考了？鄧山一時之間不知道該喜該憂。

「這些神使很聰明。」金大說：「空中戰的話，練內氣得靠器械飛，不容易打贏神使，小空間的室內戰，卻是不擅於近身攻擊的神使吃虧，所以不能進去。」所以他們才都飛在空中？而也因此那個啥咪檢儀老頭才不出面？

「舜威公，彼此稱不上敵人。」吳沛重又沉聲說：「如此未免拒人於千里之外。」

「吳部長，請下來說話。」一個宏亮的聲音從大會館東側樹林中傳出。

「下面是哪位見教？」吳沛重說。

「不敢，鳳恩博。」那人應聲。

「原來是鳳宿衛長。」吳沛重說：「與閣下說也是一般，敝公司執行長今晚八時在海東樓玉壘軒設宴，敬邀大日朱家諸位撥冗赴會。」

那兒樹下突然轉出一個氣宇軒昂的中年人，仰頭望著鄧山說：「這位是鄧山先生？」

吳沛重點頭說：「正是。」

鳳恩博仔細看了鄧山兩眼，這才望著吳沛重說：「大日城邀請鄧先生之理由雖不便見告，但卻並無惡意，睿風企業爲何橫加攔阻？莫非當我大日城是言而無信的小人？」

「鳳宿衛長言重了。」吳沛重昂然說：「諸位的疑惑，我執行長已經釐清，今晚玉壘軒之宴，當會讓諸位滿意。」

鳳恩博停了片刻，終於點頭說：「既然如此，朱世家必準時赴宴。」

「多謝。」吳沛重施了一禮，便御控著神能，托著八人轉頭，往南谷大鎮飛回。

一路上，鄧山有點煩惱，他偷望了吳沛重幾眼，終於忍不住說：「他們會不會撤走呢？我們現在去報名還來得及嗎？」卻是鄧山想早點賺錢還債，這次沒報名，豈不是要等一個月才能再度報名資格考？

「執行長交代，不報名沒關係。」吳沛重說：「我們今日去那兒的主要目的，是邀請他們赴宴。」

「嗄？」鄧山訝異地說：「那我跟去做什麼？」

吳沛重似乎覺得他問的問題很笨，瞪了鄧山一眼才說：「你不去，他們怎會出現？」

鄧山有點尷尬，想了想才說：「那今晚我要去嗎？」

吳沛重說：「我現在送你去見執行長，由他決定。」又要見到那人了，鄧山皺起眉頭，實在並不怎麼願意。

□

很快地，一行人又回到了睿風企業總部，到達兩百五十樓，進入執行長的辦公樓層。照著老規矩，只有吳沛重陪著鄧山，進入執行長那彷彿飄在雲端般的房間。

走入房中，和第一次進來的感覺其實差不多，執行長裝束不變，一樣坐在沙發上，那赤裸的雙足也一樣穩穩踏在滾動的雲霧中，只差了余若青不在場。

兩人走入的時候，執行長放下手上本來正看著的一片記事板。過了兩、三秒，他在板上按下幾個鈕，寫了一些字，把板子扔回桌上，一面抬起頭說：「沛重，你先出去。」

「是。」吳沛重行了一禮，轉身走出房間。只剩自己和這大壞人了。鄧山自從知道執行長會隨意殺人之後，對他難免有很深的惡感，只是忍著不發作而已。

執行長望著鄧山，想了想才說：「你也坐吧。」不知道他怎麼控制的，在他對面不遠，突然浮現了另一個白色沙發椅，不過不像他坐的那張那麼寬大，看起來是單人座位。

看樣子要和自己說挺久的？鄧山也不客氣，走過去坐下說：「謝謝。」

「我假設你對若青說的是眞的。」執行長輕拍著手，一面說：「當然，如果一發現是假的，就沒什麼好說的了。」

鄧山本沒打算吭聲，見執行長望著自己不說話，只好說：「那位吳大叔說，不報名也沒關係？」

執行長似乎微微一愣，跟著呵呵一笑說：「較技比賽？那個不重要。」

怎會不重要，不比那個怎麼還錢？鄧山愣然說：「不比了？」

「如果你說的是眞的，你的價値已經遠比技術比賽選手高多了，還比什麼？」執行長說：「我現在跟你見面，是想確認一下你的狀況，以及擬定今晚對朱家的說法。」

自己價値高？可是不比不能賺錢……那自己怎麼還錢？聽他這種說法，好像……不要自己去賺錢還債了？這樣意思該是要自己做別的事情吧……他又怎知自己願不願意做？

執行長似乎沒注意到鄧山表情的變化，他挺直身軀說：「其實，我一直還很難相信，雖然那個答案可以說明很多事情。」

「你不相信？」鄧山頗有三分著慌。

「該說我很早就學到一點……」執行長說：「符合一切現象的答案，可能是答案，但未必是答案……」

「這是指……？」鄧山聽得有點迷糊。

「鬼魂之說，可以把你身上發生的種種問題完美地做一個解答，可以說是一個『標準答案』。」執行長說：「但是『標準答案』未必代表正確，我就是這個意思。」

這麼說他還是不相信？可是他怎麼沒翻臉？鄧山望著執行長，不知道他想說什麼。

「如果你眞有能耐，用這『標準答案』應付一切。」執行長說：「那我也不用在意……那是不是眞正的解答。」

原來是這個意思，鄧山此時當然也只好硬著頭皮說：「如果剛好是眞正的解答，就不用擔心這麼多問題了。」

「這樣當然是最好。」執行長頓了頓說：「那我現在開始就當你說的是眞的，我必須先了解你和那鬼魂的相處模式。」

「什麼相處模式？」鄧山問。

「他多久會出現一次？還是持續都在？他是在你腦中對你說話？還是你能看到他在你身旁存在？」執行長說：「你把所有一切說清楚，越詳細越好。」

現在要鄧山開始編這些，那可有點困難，鄧山只好用金大當範本來說明：「他只是一個在我腦海的聲音，我看到、聽到或我思考的事情，他都會知道……但是他要告訴我事情的時候，才會出聲讓我聽到。」

執行長微微皺眉說：「你想什麼他都會知道？」

「都會。」鄧山說。

「那他不會覺得煩嗎？」執行長皺眉說。

「呃……」鄧山一呆說：「沒聽他說過煩。」

「他會干涉你的生活嗎？」執行長說：「有個鬼魂跟著你，生活上不會覺得不便？」

「還……還好。」鄧山說：「一開始當然不習慣，不過他除了提點我事情之外，很少出聲，我有時會忘記他也在旁邊。」

「嗯……」執行長想了想之後說：「如果我問你問題，你不知道的，他會馬上出聲告訴你答案嗎？」

其實金大通常是會，但是鄧山不想讓自己塑造的鬼魂出現得這麼方便，於是說：「不一定。」

「那對於今日和朱家約會的事情，他有什麼看法？」執行長說。

這點鄧山倒沒想過，鄧山呆了呆才說：「他不想干涉現在的朱家。」

「他現在告訴你的？」執行長問。

「對。」鄧山說。

「他願意協助我們企業嗎？」執行長問。

鄧山微微一怔，隨即故意停了幾秒才說：「他對你們也沒興趣。」

「也有道理。」執行長呵呵一笑說：「那這樣問吧，他會干涉你的決定嗎？或者說，他有辦法逼迫你答應他事情嗎？」

「通常不會。」鄧山說。

執行長沉吟片刻之後說：「你的功夫和知識大都是他傳授的，如果你今日和朱家為敵，他會有意見嗎？」

「我？和朱家為敵？」鄧山吃了一驚。

「只是假設。」執行長說：「只是想知道，安陽前輩會干涉你多少事情。」

這問題可有點困難了，鄧山不禁在心中問金大：「你會有意見嗎？」

「我又不是他，你怎問我？」金大莫名其妙。

「問問啊。」鄧山說：「我也想知道你的想法。」

「你幹嘛和朱家為敵？」金大說。

「他說只是假設嘛。」鄧山說：「你會有意見嗎？假如那位前輩的鬼魂眞的在，他又會有意見嗎？」

「我是不會有意見……你不要心情不好也不要亂死，我就不管這麼多，像你和這人見面都有點不開心，我就也不大舒服。」金大說：「至於他……應該也不會吧，我猜的。」

鄧山嘆氣說：「居然用猜的。」

「我對人類個性沒興趣。」金大沒好氣地說：「但是我知道他很少幫助人，找他幫忙常常會被他罵走。」

「這麼沒同情心啊？」鄧山倒沒聽過這一點，有點意外。

「他對小孩子很好，但是大人……」金大說：「有一次他罵一個人，是這樣說：『成年人要對自己負責，總是活得不好是自己無能。』」

好像挺兇的……鄧山目光望向執行長，見對方正帶著饒有興味的表情望著自己，一面說：「問清楚了嗎？」

「他說……」鄧山把剛剛那句搬出來：「成年人要對自己負責，總是活得不好是自己無能。」

「所以他不管囉？」執行長有點意外。

這傢伙得寸進尺，鄧山不想讓執行長太放心，故意說：「他說，還沒發生有什麼好問的？」

「這樣說吧。」執行長說：「我想聘請你和他一起當本企業的顧問。」

「嗄？」鄧山吃驚地說：「你連鬼也要請？」

執行長一笑說：「他可是武學奇才，當年又是城王，更是經驗豐富的老前輩，本公司一定有不少可以向他討教的地方……至於你，在他培育下，未來不可限量，當然也是及早聘用，對公司有利。」

鄧山一點都不想和這公司有什麼關係，遲疑著說：「他說他沒興趣，我也只想還債而已。」

「如果你們和我們合作，過去的債務當然一筆勾消，也不用參加什麼比賽了。」執行長微微一笑說：「而且無論你想在哪個世界居住，都能獲得豐厚的報酬；如果讓我建議的話，住在這兒的享受可是那個世界無法比擬的。」

「另外……」執行長一笑說：「我看過你的資料，你家人和你並沒住在一起？」

「是。」鄧山點頭說：「只是不同的市區，並不遠。」

「嗯，看資料上是挺近的。」執行長仰頭說：「南投，我當初倒是沒去過，聽說山明水秀、風景不錯？」

「呃……是還不錯。」打探得未免太清楚了吧？鄧山微微皺眉，自己當初不管塡什麼資料，可都沒寫過老家的地址……不過，如果他們眞的竊聽了一個月，知道這些也不足爲奇。

「好像還有一個很要好的女友？」執行長微笑說：「這位住得可就近多了。」

鄧山臉色不禁爲之一變，忍不住說：「他們和公司無關，多謝執行長關心。」

「嗯……其實這話我並不想說的，但是又怕你知道得太少……畢竟你來自和平的世界，可能不大習慣。」執行長笑容一收說：「雖然誰也不願意，但爲了生存，難免會不擇手段……親人所在這些事情，記得對外人要保守祕密……公司雖然知道，但我們是自己人，當然會幫你守密，你可以放心。」

什麼放心？一點都不放心！這根本就是威迫利誘嘛……鄧山漸漸知道這些人的個性，他既然已經這麼說了，就是一心想達成這樣的結果，自己就算現在說願意去比賽來還債，他也不會輕易答應，反而會找自己一堆麻煩……而且這企業掌握著空間傳送器，躲都躲不掉，若他們拿家人親友來威脅自己，那真是不知道該怎麼應付。

無論如何，鄧山都不想陷得更深，但問題是……自己根本不知道該怎麼應付這種人。

鄧山心念一轉，也許余若青會幫自己出點主意？她雖然是執行長的女兒，但就如她自己說的，這兩人並沒什麼父女之情，比較起來，她似乎……擔心自己還比較多一點……不過這次來怎沒見到她？這整件事情不是她替自己報告的嗎？

想到這兒，鄧山忍不住試探地詢問：「執行長，冒昧問個問題，若青小姐呢？」

執行長微微一怔，隨即露出理解的笑容說：「原來如此……她先回原來的單位一趟，晚點就會來了，鄧山先生未來的起居，我就交給她負責。」

糟糕，這傢伙好像誤會了？鄧山忙說：「我只是沒看到她有點意外，沒有別的意思，我不用……不用她負責。」

「我明白。」執行長呵呵笑說：「我們談談晚上怎麼應付朱家好了。」

呃？他好像堅持誤會下去？那晚點余若青被叫回來「負責自己」時，自己豈不是會很慘？

鄧山這下當眞不知該如何是好，不禁頭疼起來。

異世遊

女人哭的時候最好別接近

商議妥當之後，執行長不再和鄧山多談，讓吳沛重送他回房休息，預計等到晚上才接鄧山去赴宴。

鄧山回房一段時間後，金大也恢復控制能力，他憋了一下午，忍不住跑出來和鄧山過招，逼得鄧山取出花靈棍泡水自衛。至於金大，他倒不在乎沒武器，用空手一樣打得鄧山到處亂滾，完全不是敵手。

不過，鄧山早上體悟了用招的技巧之後，不再像過去一樣只敢用很保守的招數，金大雖然依舊大佔上風，打起來卻更起勁不少，對鄧山頗有點刮目相看。

兩人打得正起勁，突然門鈴聲響起，金大不待吩咐，迅速附回鄧山身上，鄧山這才走到門口。哪知一打開門，卻見面色鐵青的余若青出現在門口，正瞪著自己。

鄧山這才想起剛剛的誤會，心中不由得大叫糟糕，她果然是氣呼呼地跑來。鄧山尷尬地說：「若青？」

余若青此時沒戴假髮，衣服也已換成南谷一般的服飾。她伸手推開鄧山，走入房中，坐到一旁的座椅上，板著發白的小臉一聲不吭。

「我只是問問妳去哪了……執行長怎麼跟妳說的？」鄧山試探地說。

余若青目光轉向鄧山，那恢復銳利的目光彷彿一對會傷人的匕首，刺得鄧山不敢對視。

鄧山大覺委屈，皺眉說：「幹嘛這樣看著我？」

「是……我不該這樣看著你……」余若青咬咬嘴唇，突然站起說：「你有什麼吩咐嗎？」

「沒……沒有啊。」鄧山呆呆地說。

「那我在門外面等你吩咐。」余若青轉身往外走，砰地一下把門關上。

這是幹什麼呀？鄧山把門拉開，見余若青果然靠在走道，仍然板著一張臭臉。

自己又沒幹什麼不對的事情，幹嘛給我臉色看？鄧山不禁有點生氣，頗想乾脆把門關上，不理會她，但門關到一半，想起她嬌怯怯的身形，不由得又有點心軟，探頭出去說：「妳……要不要進來再說？」

余若青轉頭望來，又是那銳利到會傷人的眼神，她冷冷地說：「你要我進去嗎？」

「站外面總不對吧。」鄧山忍著氣說。

余若青不再詢問，走向門口，又是推開鄧山，走到那沙發坐下。

「這樣吧。」鄧山決定攤牌：「我看得出來妳很生氣，妳要不要索性告訴我，妳想怎麼做才高興？」

余若青望了鄧山一眼，平靜地說：「現在是你吩咐我，輪不到我吩咐你。」

「妳別鬧了好不好？」鄧山終於失去耐性，生氣地說：「妳這模樣是想告訴我，妳不想見我對嗎？不想就不要來啊！又不是我逼妳來的，執行長誤會了我的意思，我要怎麼解釋？他是讓人解釋的人嗎？」

「又來了。」金大嘆氣地說：「女人眞可怕，就是有辦法惹火人……」

「你別吵！」鄧山對金大吼。

「是、是。」金大知道這時候越說鄧山越火，趕忙閉嘴。

鄧山一吼之後，反而有點不好意思，對金大說：「對不起，我不該把氣出到你這兒。」

「不用道歉。」金大說：「你保持平靜，我就很舒服了。」

余若青第一次看鄧山發火，她反而呆了呆，片刻後才低頭說：「我惹你生氣的話，你可以趕我走。」

鄧山說了那幾句，加上金大這一打岔，火也沒了，嘆氣說：「我本來只是想找妳商量點事情，如果妳希望我趕妳走的話，妳……妳就走吧……我會說是我趕走妳的。」

余若青臉上終於出現了一點歉意，她咬咬牙站起說：「那我走了。」

「走吧、走吧。」鄧山嘆口氣，讓開了門口。

余若青走到門口，打開門，卻一直沒跨步出去。鄧山等了片刻，終於覺得不大對勁，轉過頭望著她，卻看她低著頭，彷彿石像般，動也不動。

鄧山看著她，完全不懂她是怎麼回事，早幾個小時前明明很關心自己，這時突然又一副恨透自己、要拚死逃離的模樣……就算因爲執行長讓她誤會了什麼，總可以問問吧？爲什麼突然變成這個德行？原本還以爲她算是朋友……沒想到她翻臉跟翻書一樣，自己還能期待她什麼？

「你想問什麼……」停在門口的余若青突然說。

「什麼？」鄧山一怔。

「你剛不是說，本來想找我商量事情。」余若青身子沒動，低聲說。

有點心灰意冷的鄧山嘆口氣，坐到沙發上說：「算了，沒事了，我不敢耽擱妳的時間。」

余若青身子微微一震，她遲疑片刻，突然把門關上，但卻仍面對著門口，並沒轉身過來。

她這又是在幹嘛？鄧山心中冒起疑惑，但話都已經說成這樣，他也懶得再多問什麼，只黯然地望著她的背影，等候她再度開門離開。

可是很奇怪，余若青沒離開，卻也不說話。鄧山漸漸覺得不對勁，起身往余若青走去。

但是鄧山一起身，余若青立即微微轉身，依然背對著鄧山。怪了？鄧山繞了過去，但余若青轉得更快；鄧山一愣，故意往前一踏步，身子卻往另一個方向扭，余若青果然被騙，轉過身來，剛好讓鄧山看個清楚。

卻是她臉頰上居然掛著兩串淚珠，正不斷地順著那柔美的下巴滑落，紅通通的眼睛看到鄧山的那一剎那，她終於忍不住舉手掩面，哭出聲來。

她剛這樣哭了多久啊……鄧山心又軟了，正想說話，金大突然說：「我可是拚著挨罵也要提醒你……」

「什麼？」鄧山呆了呆。

「女人哭的時候最好別接近。」金大說：「上次那女人在你面前哭，沒多久你們就滾在一起了。」

「呃……」鄧山可還真的有點怕，他收回本來要輕拍余若青的手，退開一步低聲說：「若青，我惹妳生氣了嗎？」

「你……」余若青低下頭，哽咽地說：「你剛說的話……好傷人……」

有嗎？鄧山一時之間也不知道剛剛自己說了什麼，不過，怎麼比也比不過她的態度傷人吧？居然還好意思怪自己？但是看對方哭成這樣，鄧山總不好細細算帳，只好說：「妳剛真的讓我傷心了，我才這麼說……我以爲我們是朋友的。」

「你……」余若青的眼淚漸漸止住，她遲疑片刻才說：「你對我……沒有任何的……沒有……」

鄧山見余若青一直說不出來，有點擔心又有點焦急，但又不敢追問，這種問題，感覺上就不像是什麼容易回答的題目。

余若青似乎不好措辭，想了想才終於說：「你不喜歡我，對不對？」

果然是個爛問題，鄧山一呆，不知她期待什麼答案，不管自己心中眞的是怎麼想，看狀況……標準答案應該是「對」，但是說了之後，她會不會反而又生氣？

「你不會對不起語蓉，對不對？」余若青又加了一句。

看樣子說標準答案沒錯了，鄧山終於點頭說：「當然不會。」

「你不會想讓我……當你在這世界的女人吧？」余若青又加了一句。

「我沒有這個意思。」鄧山忙說。

「你保證？」余若青說。

做人不可以亂保證是鄧山的信條。鄧山一怔，換種方式說：「我不會逼妳做妳不願意的事。」

但是，余若青不知是看透了鄧山滑頭之處還是怎麼，她一咬牙說：「如果我願意呢？」

「呃……」這話太生猛火辣了……鄧山呆了呆才說：「妳……怎這麼說？」

「我要你答應我。」余若青說：「就算我喜歡你，我願意和你在一起，也不能做對不起語蓉的事情。」

「等……等等。」鄧山搖頭說：「我當然不會對不起語蓉，不過妳這條約也太不公平了，什麼叫就算妳願意……」

「因爲我怕我管不住自己啊！」余若青猛一跺腳，憤憤地嚷了這一句之後，她兩手緊掩住臉，臉龐整個紅了起來。

聽到這句，鄧山臉也紅了，他又退開兩步，心中感慨萬千。鄧山自知道余若青父母的關係後，了解余若青恨透這種到處留情的男人，更不允許自身變成別人的第三者，所以她縱然對自己產生了情愫，一直都很努力盡力地壓抑著……而自己既然已心有所屬，她這樣做當然是好事，一直以來，也都沒出過什麼狀況，今日她爲什麼突然要把這事情赤裸裸地掀開來談？她到底擔心什麼？鄧山不可能願意讓柳語蓉傷心，也更不願意余若青爲這種事情困擾，既然如此，眞的需要保證的話，就給她一個保證吧。

鄧山正色說：「妳眞的希望我保證嗎？」

余若青鬆開了手，怔怔地望著鄧山，跟著用力點了點頭。

「好。」鄧山點頭緩緩說：「我保證，就算妳願意，我也不和妳……和妳……這兒該怎麼說？」

余若青噗嗤一聲笑了出來，紅著臉說：「我哪知道？」

「這樣好了，照妳剛說的。」鄧山嘆口氣說：「就算妳願意，我也不做對不起語蓉的事情。」

「謝謝你。」余若青低聲說：「我終於安心了。」

「我不懂……妳爲什麼需要我這樣說才安心。」鄧山皺眉說：「我非常討厭隨便保證、答應人事情，人生太多無法控制的事情，隨便承諾……等於根本不重視自己的承諾。」

「對不起。」余若青深深一鞠躬，站起身才說：「如果我非得這樣天天和你相處的話……我怕我……所以眞的需要你的保證。」

鄧山聽出話中的意思，忍不住有點臉紅，搖頭說：「妳，妳不會啦……」

余若青搖頭，喃喃地說：「我眞的怕了你……你隨便開幾句玩笑，就會讓我心跳個不停，我看著你，老是想到那些讓我臉紅的事情……每次想到你和語蓉那晚……我就好希望那晚是我……我這樣……好丟人……」

聽一個美女對自己如此款款深情地訴說，鄧山心情激盪，想伸手摟著她安慰，又知道不能這樣做，只好咬著牙說：「妳只是因爲沒有適當的對象……」

「我不管。」余若青抬起頭，首次毫無顧忌，深情望著鄧山說：「我不想去分析喜歡你的原因，我管不住自己了……你知道嗎？你要是……要是……」

「妳這……」鄧山退了好幾步，遠遠苦著臉說：「妳知道自己是個美女嗎？妳以爲我對妳一點好感都沒有嗎？如果妳希望我守諾，就別對我說這種話……」

「對不起。」余若青漲紅著臉說：「我……以後不說了。」

鄧山嘆氣說：「其實妳條件這麼好，只要別這麼兇，我相信追妳的人一定一堆，快去選個喜歡的人，那晚妳聽不懂的很快就都會全懂了。」

余若青本已羞紅的臉更紅了，她啐了一聲說：「才不要，我等你教我。」

鄧山心一跳，連忙瞪眼說：「我……我不能……怎麼教？別鬧了。」

余若青拋給鄧山一個半羞半嗔的眼神，昵聲說：「用說的啊。」現在責任推到鄧山頭上，她解開了心結，竟是有點肆無忌憚地挑逗起鄧山。

「妳最好別再亂來。」鄧山憒憒地叨唸說：「等我受不了毀諾，妳就知道哭了。」

余若青噗地一笑，倒眞是不敢說了。

不能再說這些事情，鄧山轉過話題說：「妳倒是說說，剛剛幹嘛臉臭成這樣？」

「我報告完你的事情……」余若青斂起笑容說：「我便提出要馬上回原來的單位……執行長也答應了。」

「是妳自己說……」鄧山微微一呆。

余若青目光轉過，望著鄧山幽幽地說：「我不敢繼續留在你身邊……」如今話說開了，余若青再也不避忌，那不再鋒利如刃的目光中，凝眸間透出縷縷柔情。

鄧山實在有點怕看她的目光，連忙打斷說：「後來呢？」

「過不久，執行長突然找我回來……說……你對我有興趣……」余若青說：「要我負責你的一切起居，說這是最重要的任務，我必須……不擇手段，盡自己所有能力，讓你……留在公司……」說到最後，余若青只是口唇微動，幾難聽聞，若不是鄧山內氣頗有長進，恐怕還聽不清楚。

這老傢伙擺明了用美人計，最過分的是居然用自己女兒……鄧山本來對執行長就不怎麼滿意，此時更是多了幾分看不起。

「妳……以爲我向執行長要求，讓妳來陪我？」鄧山問。

「我知道你不是這種人，可是……」余若青搖搖頭說：「在台灣那幾天，我已經儘量不敢去見你了，如果眞的負責你的起居……我眞的會受不了的……萬一……萬一……」

「不會的。」鄧山忙安慰說：「我已經答應妳了。」

「這樣對你畢竟不公平。」余若青說：「我本想……你趕走我就沒事了。」

「我也以爲妳要走，結果妳突然把門關上偷哭……」鄧山說。

「你說那話……害人家難過得哭出來，怎麼走出這個門？外面可都是人。」余若青委屈地說。

「不是妳故意惹我生氣嗎？怎麼反而難過了。」鄧山摸不著頭腦。

「我知道……」余若青低頭說：「可是當眞聽到你說得這麼無情，我還是會難過嘛……」

「好啦好啦。」鄧山無奈地說：「其實妳可比我兇多了。」

余若青臉紅地說：「我已經賠不是了，你還想要我怎樣？你說啊。」

什麼要求都可以嗎？鄧山看著她嬌羞的模樣，心中天人交戰半天，終於嘆氣說：「我開始後悔了。」

「什麼？」余若青一呆。

「後悔答應妳那種奇怪的要求。」鄧山苦笑說：「結果妳自己卻一點都不顧忌了，那我不是被妳害慘了？妳當我一定忍得住嗎？」

余若青省悟過來，低下頭說：「對不起，我不會再這樣了……我現在知道，你不討厭我，我就很開心了。」

這樣說下去當眞是沒完沒了，彼此虐待。鄧山振作起來，大喊一聲：「好，我們談正事，我剛說過，有話想和妳商量。」

余若青也故意板起小臉，點點頭說：「是啊，什麼事情？」

「不過……和妳來這兒的目的相違背……」鄧山遲疑著說：「如果妳不方便說，我也可以諒解。」

「你說清楚點。」余若青睜著一雙大眼說。

鄧山緩緩說：「我到底怎樣才能脫離這個公司？我不想這樣越陷越深，我不喜歡這個公司，也不喜歡這個世界，每天每天這樣……我覺得好累……」

余若青一呆，低下頭，似乎不知道該怎麼回答這個問題。

鄧山說：「在這個世界，好像只有妳能商量……所以我只好問妳，要是妳覺得有困擾也沒關係，我自己想辦法……」

「不是。」余若青搖頭說：「我是在想……但是卻想不出來。」

「連妳也想不出來？」鄧山不禁叫苦。

「你若是這個世界的人，就很簡單了。」余若青說：「你身上有朱安陽前輩的靈魂，拜託朱家庇護你即可，只要你去了王邦，就算是海連集團，也不敢在王邦和勢力坐二望一的大日城衝突。」

「但我不是這世界的人。」鄧山說。

「對，你的親友、你的愛侶都在那個世界。」余若青說：「除非他們肯和你一起來這世界，托避於朱家，否則掌握著空間孔的睿風企業，永遠能拿你的親友威脅你。」

「怎麼可能把他們全叫來……那空間孔到底是怎麼回事？」鄧山說：「不是違法的嗎？能不能把它關掉？」

余若青一怔說：「關掉？」

「把機器弄壞，斷絕這兩邊的聯繫啊。」鄧山說：「這樣就永無後患了。」

「那……如果可以，你要……回到那邊去？」余若青低聲問。

「是啊……我的生活在那邊啊。」鄧山點頭說。

余若青美目中茫然若失，痴痴地說：「那我……就永遠看不到你了……」

鄧山停了片刻，嘆氣說：「……我們不再見面，難道不是好事？」

「我明白……只是……」余若青輕拭了拭淚說。

鄧山心一軟，忍不住說：「不然妳過去我們世界也可以啊。」

余若青呆了呆說：「我過去？」

「是啊，這兒有什麼讓妳牽掛的嗎？」鄧山說：「在那兒開始全新的生活，不是很棒嗎？雖然落後了些……不過，久了應該會習慣吧。」

「我如果真的過去……你不害怕嗎？」余若青臉龐泛紅，望著鄧山。

鄧山愣了片刻，露出苦笑，誠懇地說：「我眞不知道……我該高興還是害怕。」

「如果你不是有了語蓉……」余若青低下頭說：「我天涯海角也跟你去……」

鄧山聽到這樣的話，不知道爲什麼眼眶紅了起來，他訥訥地說：「若青……若青……」彷彿有種力量不斷拉推著兩人接近，但又有另一股力道，釘著他們的腳步，讓他們無法動彈。

兩人對望了好片刻，余若青終於低下頭說：「先不提我……能不能永遠關上那門戶，要問張達者。」

「啊！」鄧山回過神，咬牙甩開心中的悵惘說：「對了，張允老先生，那是他開發的。」

「嗯……」余若青停了停說：「如果……如果你回去之後，我幫你把機器毀了、殺了張達者……恐怕就沒人知道怎麼重建那個機器了，除非他有留下資料……」

「怎能殺了他！他又沒犯什麼大錯。」鄧山吃驚地望著余若青，這兒的生活環境眞的這麼可怕嗎？連余若青也會隨口就想殺一個無辜的人？

「如果不殺了他，他重建了機器呢？」余若青說。

「我們先想想看別的方法。」鄧山說。

「嗯，今晚再慢慢想。」余若青起身說：「時間差不多了，該準備赴宴了……執行長說和你討論好了細節？」

「嗯……其實也很簡單，我一路上告訴妳。」鄧山站起，突然說：「還是帶著好了。」

「什麼？」余若青訝然問。

「這棍子。」鄧山拿著花靈棍搖了搖，眨眨眼說：「這是祕密喔，不可以說出去。」

「這棍子？」余若青上下看看說：「對了，你上次還說只是普通木棍，那怎會不嫌累贅地帶來帶去？騙我的喔？」

鄧山乾笑兩聲說：「解釋困難嘛……妳看。」然後鄧山運氣灌入，熾熱的內息擠迫出水分，霎時間房中滿是熱騰騰的白色煙霧。

余若青驚呼一聲，蹦到門口往回看，只見鄧山從霧中踏出，手上的木棍已經縮成小小一支。鄧山晃了晃，放入口袋說：「這樣攜帶比較方便。」

「好方便的東西。」余若青訝異地走過來說：「哪兒來的？」

「安陽前輩的東西。」鄧山說：「是他當年從花靈之境帶回來的，我以前不知道該怎麼解釋。」

「原來如此……居然是這種寶物。」余若青望著鄧山，似乎有點感動地說：「我……我絕不會對別人說的。」

「只是小東西啦。」鄧山忙說：「也不用這麼認眞……我只是懶得解釋。」

「嗯……」余若青對鄧山甜甜一笑說：「那走吧。」

「嗯。」兩人先後往外走，在吳沛重等人的護送下，向著約定的地點飛去。

異世界吃飯的地方倒沒有太大不同，一樣桌子放菜、椅子坐人，主要是聲色上可以提供用餐者極高的享受，比如周圍景觀的顯像技術，恍如實境的空間音效，都讓人十分舒服。

海東樓是南谷大鎮鼎鼎有名的餐館，隸屬於「西城集團」。西城集團與海連集團一向屬於競爭關係，彼此沒什麼交情，卻也沒什麼敵意，這種關係，最適合用來與人談判，以避免彼此有所顧忌，不敢赴宴。

當然，朱家對此也十分了解，才敢一口答應。

執行長包下的玉壘軒，裡面有一大一小兩個空間，外面準備了數組長條桌椅，容得下大約六十人，內進隔著一扇門，是另外一個空間。

鄧山抵達後不久，執行長也到了，隨他而來的就有十餘人，整個組織到了近三十人。如果朱家也來這麼多人，那整個玉壘軒倒是會擠得滿滿的。

執行長抵達後，目光望向鄧山，微微一笑說：「鄧山，你和若青先進去裡面等候。」

鄧山無所謂地望望余若青，隨著她向那扇門走去。

余若青發現自己也能進入密室，頗有點意外，但轉念一想，執行長提高自己的身分，恐怕只是爲了讓鄧山更死心塌地，倒也沒什麼好奇怪的。

鄧山隨著余若青推門走入，目光一掃，見這兒上方透出暗紅色的燈光，整個房間雖然看得清楚，卻不怎麼明亮。眼前六張獨立的方形小桌，三張一組分兩邊相對，方桌外側兩角各有個圓形透明區，不知道是做什麼用的。

余若青望向牆壁，突然按了一個鈕，整面對外的牆壁突然變成透明，可以看見外面大廳的一切，而外面的人卻沒有半個人目光轉來，看來這牆壁的透視是單面的。這也沒什麼好奇怪的，鄧山的世界就有這種東西，只不過很少聽說有弄一整面牆的。

余若青又不知調整了什麼，她一面說：「執行長喜歡雲端的效果……我看看……」

不知道她怎麼操作的，突然地上冒出了滾滾白雲，上方是一片藍天，而除了那片透明牆壁之外，另外三面牆都彷彿不存在，整片雲海往外翻騰出去，無邊無際。同時，周圍也傳出了淡淡的風聲，這風聲若有似無，又聽得十分清楚，聲音高低之間近似頗有旋律，但又像是自然而出。鄧山聽著聽著，突然醒悟，當時在執行長辦公室也有這種聲音，自己還以爲是天然的呢……

余若青拉拉鄧山說：「你看桌子，左右兩角，一邊是上菜的地方，一邊是收回餐具的地方。」她一面示範桌面上操作的按鈕，一面說：「你覺得可以繼續上菜就按下去，很快菜就會從這兒送上。」

類似西餐的吃法？鄧山點點頭。

余若青接著說：「這兒有刀叉夾，你們那個世界沒用夾的習慣……」

鄧山看過去，看到在刀叉旁，一只頗精緻的小夾，約莫二十公分長，前端加寬並鏤以精緻的雕花，上端則設計了很方便捏握的握把，鄧山拿起說：「這我知道。」

「一些不方便用叉的東西，大多用這個夾取。」余若青說：「你知道？」

鄧山點頭說：「我在王邦那兒用過，這東西類似我們的筷子。」

「嗯。」余若青突然往外轉頭：「你看。」

鄧山看過去，果然看到外廳剛走入老老少少一大群人，正和執行長、吳沛重等人寒暄，每個人臉上都堆著笑容，彷彿多年未見的好友約好了在此把盞談心，一點也看不出敵意。

「他們眞的敢來呀？」鄧山低聲說：「不怕你們埋伏嗎？」

「大家都擠到房間裡了，眞打起來吃虧的是神使。」余若青說：「執行長這樣做，一方面是讓對方安心。另外，如果眞在這兒鬧事，等於多惹上西城集團，大家都不會這麼傻。」

「喔。」鄧山點點頭。

「你和我等等坐這兩個位子。」余若青說：「中間是執行長坐的，那三個該是讓朱家首腦坐。」

「萬一他們走四個人進來呢？」鄧山看執行長似乎正引人往這兒走，一面隨口問。

「誰像你一樣傻乎乎的。」余若青白了鄧山一眼，輕笑說：「當然都打探清楚了才會來。」

「喔。」鄧山乾笑兩聲，摸東摸西的，頗感好奇。

「來了。」余若青拉著鄧山走到一旁。

很快地，執行長與三個朱家的人相讓而入。這三人中，鄧山只對一個人有印象，就是下午出面應答的那個中年人鳳恩博，除了他以外，另外兩位男女皆是滿頭白髮、滿臉皺紋，看來都挺老了。鄧山經驗不足，分辨不出誰比較老些。

「這位是鄧山。」執行長引介說：「這一位是小女若青。」

那三人目光集中到鄧山身上，對余若青並沒什麼留神，但余若青和鄧山反而都吃了一驚，執行長怎麼突然稱呼余若青爲女兒？鄧山也罷了，余若青二十五年來沒聽執行長這麼叫過，這時乍然聽見，心中亂成一團，不知道該怎麼面對這個父親。

執行長接著說：「這三位分別是朱舜威檢儀、單水眞檢儀，以及鳳恩博宿衛長。」

眞不熟悉的職位名稱，鄧山見余若青行禮，只好跟著胡亂施了一禮說：「諸位好。」

「大家坐。」執行長伸手一引，一面帶著鄧山和余若青到另一面去，兩方六人都站定之後，這才一起坐下。

「請用。」執行長一點桌面按鈕，眾人紛紛動手。很快地，前菜從那左方圓盤處浮出，滑到面前，眾人拿起餐具，開始用餐。

用餐的過程中，執行長輕鬆地談起南谷大鎮的風光，鳳恩博則友善地回應了幾句，而另兩位老人家卻似乎只顧著吃，不想浪費時間多說。執行長換了兩、三個話題，見對方都不領情，笑了笑也少開口了。

只顧著吃的話，吃起來速度就很快了，鄧山一面吃，一面偷望著側面那片透明牆壁。外面吃飯的人氣氛倒沒這麼緊張，大夥兒有說有笑的，歡樂多了。

很快地，老者朱舜威吃罷，他盤子一推，拿餐巾隨手一抹嘴，挺直身子坐著，一聲不吭。另一位單水眞老婆婆倒沒這麼急迫，仍在慢條斯理地吃倒數第二盤菜；至於鳳恩博，他也正吃到最後一盤，見狀也跟著推開盤子，一樣坐直了身軀。

執行長見狀，哂然一笑，坐直說：「舜威公吃得眞快。」

「能飽就好了。」朱舜威說：「吃飯本是幌子，早早吃完早辦事，鄧山的事情，余執行長既然說要談，我們也來了，今晚你打算怎麼交代？」

「鄧山就在這兒。」執行長一笑說：「你們想問他什麼問題？」

朱舜威眉頭一皺，雙目神光一閃，沉聲說：「我們和鄧山的談話並不想讓外人知道。」

「這話說得有趣了。」執行長說：「那麼你們和鄧山這個外人，又怎會有話好說？」

朱舜威微微一怔，似乎一時接不上話，身旁那單水眞老婆婆接過話說：「睿風企業眞要硬把鄧山的事情攬過？有些事情知道了沒好處的。」她的聲音異常沙啞粗糙，彷彿兩片破爛的鋼板摩擦敲擊一般。

「單婆婆說得對。」執行長說：「不過，鄧山就像我女婿一樣，我不照顧他，誰照顧他？」

這話一說，鄧山和余若青不禁對看了一眼，臉都有點發紅。兩人都知道，執行長這番話，只是在朱家面前，硬要和鄧山扯上關係。不過問題是，兩人還眞有點莫名的情愫，而且和一般男女不同的是，兩人有個絕不能讓這情愫發展下去的共識，此時突然聽到此言，心中難免紛亂，臉色忽紅忽白的，難以鎮定。

異世遊

身為靈媒

朱家那方三人看鄧山與余若青這害臊兼心亂的表情，反而相信了兩人的關係。朱舜威眉頭微微一皺說：「執行長有這麼一個麗質天生的女兒，知道的人倒是不多。」

「維持一個企業，難免得罪了不少人。」執行長氣定神閒地說：「沒必要攤出來的事情，當然就收著點。」

這麼一說，朱家那兒就很難提出與鄧山私下談話的要求，朱家三人沒想到會有這樣的變化，一時之間倒不知該從何施力。

執行長倒是見好就收，他一笑說：「其實各位也太見外了，自從知道諸位尋找鄧山之後，我也與鄧山談了幾次，諸位爲何而來，並沒有這麼難以揣度。」

朱舜威臉色微變說：「這麼說……執行長很清楚我們的問題？」

「不就是安陽前輩死亡之謎嗎？」執行長一攤手說：「諸位想要知道原因並不困難，困難的是……諸位如何驗證鄧山說的是眞是假。」

「這不煩執行長操心。」朱舜威說：「我們自會判斷眞假。」

「如果諸位無法判斷呢？」執行長說。

朱舜威眉頭一皺說：「執行長莫非已經準備了謊言相欺？爲何如此心虛？」

「我只是不希望你們糾纏不清，更不希望兩方產生誤會。」執行長臉一沉說：「朱家並非沒有可以驗證之人，諸位大可等有這種資格的人抵達，我們再說出事情始末。」

朱舜威拉長了臉，緩緩說：「你今晚將我們請到此處，就爲了說這一句話嗎？」

「且慢。」單水眞眼看局面要僵，插口說：「執行長先說清楚，怎樣的人才是你所謂可以驗證眞假的人？」

「了解安陽前輩的人。」執行長說：「最好是與他相識的前輩。」

朱家三人對看一眼，似乎都沒想到執行長會說出這種條件。這條件聽起來困難，卻並非不可能達到，而且這種人在朱家幾乎都是位高權重、功力高強的長輩，若這條件只是爲了拖延時間，等這樣的人當眞抵達，對睿風企業來說，未必是什麼好事。

單水眞緩緩說：「余執行長，你要知道，這種人雖然不多，可也並不是沒有。」

「當然。」執行長說：「我提出這一點，本就不是爲了刁難諸位。」

鄧山這才明白執行長爲什麼繞了這麼大一個圈子……鬼神之說，本屬渺茫，如果貿然提出，對方主事者若是不信，又或脾氣太過暴躁，很難避免接下來的衝突，還不如把這事情拖延著，直到朱家派來足以驗證眞假之人，才把眞相說出，只要能取信對方，自然能化解干戈。

執行長眼看對方彼此對望著，似乎正拿不定該怎麼辦，他微微一笑說：「相信諸位已經體會到了我的誠意，如果這次沒有這種前輩，下次余某再做一次東，也只是小事一樁。」

「兩位檢儀。」鳳恩博也許因爲地位不如另外兩人，只有一開始和執行長禮貌性問答時有開口，開始談正事後就一直沒吭聲，此時他突然出言，卻是對兩位老者說：「我有個建議。」

「你說。」單水眞說。

「既然只是要請一位能驗證眞假的長輩，沒必要特別跑一趟。」鳳恩博說：「只要利用通訊機安裝出顯像器，馬上就可以處理……如此一來，就不會再拖延下去了，相信長輩們也會願意幫忙，而且……若我們誤信人言，長輩也不至於白跑一趟。」

兩個老者似乎沒想到這一點，此時同時一愣，單水眞首先點頭說：「好辦法。」

「就這麼辦。」朱舜威說：「該請哪一位？」

「當然是涵珊族老。」單水眞說：「這件事本是她一力主張，要是她相信，就沒人敢不信。」

「好……」朱舜威點頭說：「我親自去請。」單、鳳兩人都點了點頭。

「余執行長。」朱舜威轉過頭說：「請稍候片刻。」

看來他們要用顯像連結，這倒是個不錯的辦法。

執行長當即點頭說：「舜威公請自便。」

朱舜威踏出門外，找一個安靜地方使用通訊器時，執行長也對余若青說：「妳告訴沛重，去跟海東樓經理借組效果好點的會議型顯像器。」

「是。」余若青起身出門。

眾人等候的同時，執行長微笑說：「兩位剛剛提的涵珊族老，就是三大族老中，年紀最長的朱涵珊老婆婆？」

單水貞目光轉過，皺眉說：「余執行長倒是很清楚朱家的事情。」

「大日城朱家族聲名赫赫，誰不知曉？」執行長微笑說：「是知道的人多，並非余某消息靈通。」

「執行長客氣了。」單水貞似乎不怎麼領情，隨口應了一聲。

「那位涵珊族老，聽說已經超過一百六十？」執行長說：「那麼安陽前輩過世的時候，她正值青壯，一定十分清楚安陽前輩的過去？」

「當然。」單水貞說：「她是已逝安陽王的孫女。」

「這樣最好。」執行長望了鄧山一眼，那神情中，有點「你小子好自為之」的味道。

「是她孫女耶，沒問題吧？」鄧山忍不住在心中問起金大。

「涵珊？」金大呆了呆說：「沒印象。」

「有沒有搞錯？」鄧山吃了一驚：「沒印象？你記憶力不是超好的嗎？」

「對啊。」金大說：「活到現在有一百六十歲上下的孫女娃兒……新芹、元碧、千荷、寄卉……嗯，沒有涵珊。」

「外孫呢？」鄧山想想又皺眉說：「不對，剛執行長說『朱涵珊』，是內孫的機會比較大。」

「這也不一定。」金大說：「朱家人口眾多，只要血緣夠遠，同樣嫁給姓朱的可能性並不小，不過，我剛剛內孫、外孫一起數過了，差不多這年紀的就這四個女娃兒啊！」這下慘了。等等萬一被人拆穿，執行長一定馬上撇得一乾二淨，然後自己可能就被朱家抓去嚴刑拷打，重點是就算說出金大，人家也不信，誰教他連個孫女也記不清楚。

「我記得很清楚啦！」金大哇哇叫說：「一定是他們搞錯了！」

「這種大人物……怎麼可能搞錯……」鄧山愁眉苦臉地想。

「等等看看囉，說不定看長相會想起來。」金大說。

「一百六十歲的人耶……」鄧山沒好氣地說：「八成比眼前這婆婆還老。」

「唔……」金大說：「反正你不要緊張，總有辦法。」

哪有什麼辦法？每次老是叫我撒謊，這次要是撒謊撒不下去，那自己就該死了……鄧山咕咕囔囔地在心中抱怨的同時，海東樓的侍者已經送來了一個精美的小器械，安裝在房間的一端。那器械隨即投射出數道不同角度的光束，使得器械前方約兩步遠的一個區域籠罩在一片柔和的光線之中。

除了那個器械之外，侍者還在四面屋角高處安裝了另外一種類似鏡頭的東西，鄧山可就不明白那些是幹嘛的了。

此時，朱舜威也握著一片黑色薄片走回房中，鄧山看過去倒是認得，那和當初朱安山老先生送自己的通訊機似乎是類似的機型。朱舜威拿著通訊機走到那小器械旁，將兩組機器連結在一起。隔了片刻，那片光芒一閃，一個身著寬袍、身材高瘦的年長女性，出現在那片光影之中。

也在同一時間，那四角的鏡頭周圍同時射出淡淡的交錯光束，灑在眾人身上。

這位該不是他們說的族老吧，雖然從拉長的臉、鬆弛的皮膚，可以看出有一把年紀，但是她頭髮也不過灰白而已，皺紋更只是淡淡地分布在眼角唇角等處，比單水真、朱舜威臉上的皺紋可說少得太多，感覺上是個保養很好、剛邁入老年的婦女。以鄧山的經驗來看，頂多接近七十左右。

「你經驗不準啦。」金大說：「內氣的程度，和幾歲練到什麼程度，都會影響衰老度。」

「那這眞是那個族老嗎？」鄧山問。

「不知道。」金大說。

此時那年長女性，頭一轉，目光一掃，居然分毫不差地掃過每個人眼睛，可見這時代雙向的顯像技術已十分純熟。那女子目光掃到朱家那三人的時候，除了朱舜威以外，另兩人同時躬身說：「涵珊族老。」

還眞的是那人耶。鄧山雖然早有三分心理準備，還是吃了一驚。

「這位就是余執行長。」朱威舜站出來介紹：「一旁是他女兒，這位就是鄧山。」

「睿風企業余華，見過涵珊族老。」執行長施了一禮。

朱涵珊微微點了點頭，沉聲說：「余執行長不用多禮。」

余華執行長回過頭說：「鄧山已經告訴過我理由，我雖然不敢置信，卻也無法求證，今日既然族老當面，應該能一解我心疑惑。」

朱涵珊目光一轉說：「既然余執行長已知細節，就無須迴避……恩博。」

鳳恩博微微一怔，踏出一步說：「族老。」

「你來問。」朱涵珊說。

這話一說，鳳恩博自然有點尷尬地看了朱舜威一眼，遲疑地說：「屬下……」

朱涵珊不管鳳恩博想說什麼，直接說：「口齒清楚點，問吧。」

鳳恩薄一怔，只好說：「是。」

他目光轉向鄧山，肅容說：「鄧山先生，據我們所知，你在八日前，也就是十月二十二日晚間，從奔雷城離開，到了大日城南方。」

「是。」鄧山心想對方既然很清楚，乾脆自己爽快點，於是點頭說：「我掩埋了朱安陽前輩的屍骨，帶著誓約之印回去，第二天交給了朱安山老先生。」

朱家眾人似乎沒想到鄧山會這麼爽快地承認，就連那位涵珊族老，臉上都露出了幾分激動神色。關於「誓約之印」四個字，余若青和余華執行長都是首次從鄧山口中聽到，之前余華執行長都以「王邦重要物品」帶過，此時聽到這名稱，不知情的余若青露出有點茫然的神色，余華卻是目光微微一亮，神情有點興奮。

鳳恩博目光掃過眾人，繼續看著鄧山說：「你對安山族老怎麼說的？」

「我說有個東西交給他處理。」反正這些小細節，鄧山沒打算說謊，很迅速地說：「請他不要問我哪邊來的。」

「鄧山先生。」鳳恩博臉上露出善意的微笑說：「到現在爲止，你說的和我們所知的都十分吻合，但是我們都清楚，這件事情當中有太多無法索解的部分，我們希望你能解開我們心中的疑惑。」

鄧山見每個人都看著自己，確實頗有幾分壓力，不過一個站慣講台的人，就算下面觀眾不一樣，總不至於怯場，在補習班，下面可是幾十個無法無天的死小孩，這兒不過三、五個大人，有什麼好怕的？鄧山放鬆了鬆心情，緩緩說：「你們可曾想到任何一個可能、合理的解答？」

這話一說，朱家眾人都說不出話來，最後還是鳳恩博說：「老實說，沒有。無論誰知道安陽先王的遺骨所在地，都不可能把誓約之印放在那兒一百三十年，最後又這麼輕而易舉地交給安山族老。」

「所以，眞正的答案……可能是非常讓人難以置信的。」鄧山直望著鳳恩博說：「你們已經有了心理準備嗎？」

鳳恩博被鄧山營造的氣勢所懾，不由自主地點了點頭說：「請說。」

鄧山卻不言語了，他轉過日光，望著那光影中的朱涵珊，緩緩說：「涵珊族老，您是安陽前輩的孫女？」

朱涵珊沒想到鄧山突然毫無來由地轉頭問自己問題，她略顯稀疏的秀眉微微一蹙，還沒說話，一旁的朱舜威已經忍不住斥責說：「問這做什麼？別浪費時間。」

鄧山一笑，沒理會朱舜威，望著朱涵珊說：「因爲安陽前輩……這個歲數的孫女，似乎只有新芹、元碧、千荷、寄卉四個，沒聽過您的名字。」

這話一說，除了早有心理準備的余華執行長和余若青之外，朱家人都呆在那兒，朱涵珊更彷彿被雷打到一般，過了片刻才瞪大了眼說：「你……你說什麼？你怎麼知道這四個名字？」

這四個名字，不只余華執行長不知，就連朱家其他三人也不知道，所以剛剛他們乍聽之下，直覺反應是鄧山不知在胡說八道什麼，正不知該不該翻臉開罵之際，突然聽到朱涵珊這麼說，不禁全都閉上了嘴巴。

「您是四位中的哪一位？」鄧山又問。

「我是千荷……」朱涵珊目光一厲，沉聲說：「你從哪兒打聽到這些名字的？就連朱家也沒幾個人清楚這些名字。」

「您改名了？這就難怪了。」鄧山鬆了一口氣，在心中和金大對答幾句之後，這才說：「原來是小時候最調皮的小荷兒……聽說您十二歲的時候，曾偷學安陽前輩用金靈飛行，結果摔到後院的魚潭裡……」

「住口！」朱涵珊倏然一閃，突然消失，跟著又倏然閃回原位，卻是她情急下衝往鄧山，卻忘了自己不在現場，只好又快速衝回顯影區。她驚疑不定地說：「這只有我和爺爺知道，沒有第三個人知道……」

「是啊。」鄧山說：「安陽前輩說，他從您爬上屋頂就偷偷注意，所以很快就把您從魚潭中救了出來，只不過您後來再也不敢飛了，他覺得很可惜……」

「你說什麼……」朱涵珊張大嘴說：「你和我爺爺說過話？他……他不是死了一百三十年嗎？你……你是人還是妖物？」

「我是一個普通人，只不過……朱安陽前輩的鬼魂現在和我在一起。」鄧山嘆了一口氣說：「我們本來只想安安靜靜地把誓約之印送回，沒想到你們最後還是發現了，以前可沒有超速衛星自動記錄這種規定。」

「鬼魂……你說什麼？」朱涵珊柳眉倒豎，怒氣沖沖地說：「你從哪兒打聽到這些雞毛蒜皮小事，居然敢拿來騙我？」

「這對您而言是小事嗎？」鄧山停了片刻，搖頭說：「對安陽前輩來說，卻是大事……九個孩子，三十多個孫子女，只有您學他使用金靈飛行，您知道這對他有多重要嗎？他那天花了一整個晚上，把金靈飛行的方式詳細地寫了出來，打算等您大一點再交給你……可是到了您十六歲生日那天，他跑去問您，您卻說那是小時候不懂事，已經不想學了……」

朱涵珊越聽越是吃驚，聽到這兒，她怔怔地接口說：「十六歲生日……那天……爺爺突然跑來問我還想不想飛……我還笑他……他摸摸我頭笑了笑就走了，後來整個晚上都好像不大開心……原來是因爲……」

「嗯，所以，他後來把那疊爲您寫好的飛行祕笈藏起來了，收在家主祕殿裡，說不定後來的家主有人翻到過，您可以去問問。」鄧山說。

「其實當時……我只是不好意思說自己想學……」朱涵珊怔忡良久，終於回過神來，望著鄧山說：「我爺爺的鬼魂眞的和你在一起？」

鄧山點頭說：「他不常出現，今日知道要把這事情說分明，才特別留著。」

這是余華交代的說法，以免朱家想把朱安陽的鬼魂請回去奉養，那身爲「靈媒」的鄧山豈不是也得被請去？而鄧山提到鬼魂附體的時候，也刻意把鬼魂是因金靈而附體這理由略過，希望對方沒注意到。

朱涵珊突然轉頭大聲：「去把安山族老請來……說有重要的事情。」看似是對身旁的人吩咐。

鄧山聽到，不禁抓頭說：「安山老先生看到我，一定會罵我之前騙了他。」事實上現在還是騙人，只不過打死也不能承認。

過不久，朱安山果然出現在光影中，當他得知此事，當然忍不住大呼小叫。他和鄧山本有交情，加上金大加持，隨手拈來幾個故事，自然是哄得他服服貼貼，深深相信這套「鬼話」，他怨怪鄧山之心自然難免，不過比起歡喜之情，那可就微不足道了。

朱家之中，當年見過朱安陽的兩個重要人物既然都相信了，之前的懷疑和迷惑自然俱都解開。朱安山想到往事，忍不住一件件提起，鄧山只好靠著金大的記憶，順著朱安山的意聊起來。

過了好一會兒，沉默了一段時間的朱涵珊忍不住說：「安山族老。」

「啊？」朱安山一怔，轉頭說：「怎麼？」

「這些事情以後再聊吧。」朱涵珊說：「我們先解決當下的事務。」

「啊！對。」朱安山神色一整說：「先把安陽大哥接回來。」

朱涵珊說：「這件事情得和家主商量……安山族老，我們兩個一個人留下稟告家主，一個人帶隊先去護衛安陽王……」

「啊！鄧山現在沒有自保能力，這……這簡直是太危險了。」朱安山臉色發白地說：「我先去好了，事不宜遲，我這就出發。」話一說完，他已經消失在光影之中。

朱涵珊轉頭望著另外三名朱家人說：「舜威。」

那位早已目瞪口呆的老人家連忙恭聲說：「是。」

朱涵珊沉下臉說：「第四代家主──安陽王的魂魄既然附在鄧山身上，我們絕不能讓安陽王再出任何意外，你知道了嗎？」

「是。」朱威舜立即說：「我們整組人馬在支援到達以前將會全力守護安陽王，寸步不離。」

喂……喂……別把事情鬧大好不好？鄧山張口結舌，說不出話來。

「水眞。當年的事情你們總有耳聞過。」朱涵珊說：「安陽王的敵人如果知道消息……」

「我明白了。」單水眞立即接口說：「我會要求所有相關人員封口。」

「嗯。」朱涵珊望了望余華說：「安山族老曾說，鄧山和這企業有債務關係……」

此時余華發現事情發展似乎頗有點超出自己預期之外，正在一旁皺眉思索著，聽到朱涵珊的言語，強笑說：「這是小事……」

「該算的就算清楚。」朱涵珊轉頭說：「恩博，這件事授權給你，不論代價，把鄧山的債務盡速處理妥當！堂堂大日城王居然負債，傳出去豈不是笑話！」

「是。」鳳恩博連忙應聲：「屬下一定辦妥。」

朱涵珊隨口吩咐完畢，目光轉回鄧山，臉色又轉回柔和，緩緩說：「爺爺他，看得到我嗎？」

「我看到聽到的，他也同時看到聽到。」鄧山點頭說。

「那就好。」朱涵珊突然深深一躬說：「爺爺，荷兒會盡快去接您。」

「呃……」鄧山忙說：「等等。」

朱涵珊一怔，抬頭說：「怎麼？爺爺有什麼交代嗎？」

「涵珊前輩，您千萬別用這種口氣說話。」鄧山忙說：「您爺爺、安陽前輩，他只是偶爾出現，大部分時間，您都是跟我這個微不足道的晚輩在說話，這是第一點。」

「嗯……有第二點嗎？」朱涵珊微笑問。

「有。」鄧山說：「安陽老前輩當初雖然留下了魂魄，但並不想再涉入過去的一切，只因牽掛著誓約之印，請我取出，才發生了這些事情；但他最希望的，是你們根本不知道他還在，就這樣自己過自己的日子就好了。」

「確實很像爺爺會說的話……」朱涵珊搖頭嘆息說：「但是爺爺眞的一點都沒變，還是這麼糊塗，您當初匆匆地離開人世，留下多少事情沒交代，都忘了嗎？」

「嗄？他沒交代什麼？」鄧山忙在心中問金大。

金大呆了呆才說：「他做過的事情我不會忘記，但……他忘了什麼事情，我怎會知道？」

朱涵珊看鄧山呆在那兒，苦笑說：「爺爺果然想不起來，不過現在有外人在旁，不適合多談，等我們將您迎回，一切問題就將迎刃而解，孫女先去準備，暫且告別。」

「是……這個，好吧……前輩再見。」鄧山只好回禮道別，一面也不知該不該慶幸，若當年朱安陽是個挺精明幹練的人，今日恐怕就很難混過去了。

「安陽王。」朱舜威踏前一步，對鄧山施禮說：「請移駕到大日南谷行館，方便保護。」

「等……等等。」鄧山忙回禮說：「我只是鄧山，不是安陽前輩，前輩請不要多禮。」

「但安陽王在你體內，而且他能透過你看著我們。」朱舜威板著臉說：「老夫是尊敬安陽王，自該如此，施禮對象並不是你，你也不用多心。」

「呃……」講這樣就很難回答了，鄧山正在抓頭。

余若青見狀，幫忙解釋說：「安陽前輩出現的時間並不多，前輩這樣對鄧山，他壓力太大了。」

「對、對。」鄧山連忙說：「你們還是當我是鄧山，我只不過是個可以幫你們傳話的人而已。」

朱舜威回頭和單水眞對望一眼，兩人都皺了皺眉，似乎不知該不該照鄧山所說的去做。不久，單水眞開口說：「就稱呼鄧山先生吧，畢竟安陽王之事還須保密，萬一無意讓人聽見，會增添不少麻煩。」

「也好。」朱舜威點點頭，同意此事。

「余執行長。」鳳恩博則趁兩老討論的時候，出聲說：「剛剛的話您也聽到了，族老責成我辦理鄧山的債務問題，請問鄧山和貴方的債務應該如何解決？」

「那個只是小事。」余華笑了笑，目光一凝，望向鄧山說：「重點是，鄧山並不想離開我們企業，這可是他本人的意願。」

鄧山一怔，想起空間孔的事情，自己親友安全還沒能確定的時候，可不能開罪這個人，鄧山只好有點不甘不願地嗯了一聲，乾笑兩下。

「這是兩件不同的事情。」鳳恩博卻笑說：「鄧山先生要不要留在貴企業，那是他的自由，我們首先要讓他沒有任何債務，之後無論他想去想留，自然能慢慢再談。」

余華微微一皺眉說：「既然這麼說的話，口頭的承諾諸位當然也不放心了……而且我也沒親自管理這些小事，鳳宿衛長，您就直接與我企業財務長聯繫，把這方面問題釐清吧。」

「這樣最好。」鳳恩博點頭說：「還請執行長幫忙轉介。」

「沒有問題。」余華點頭說。

「那鄧山先生可以先隨我們走了嗎？」朱舜威不再稱呼鄧山爲安陽王，但仍頗客氣地說：「不久之後，安山族老等人趕至，相信有更多有關本家的事情要向安陽……向閣下請教。」

自己可以去嗎？鄧山目光望向余華，這壞人要是不准，自己可不大敢跑。

單水眞見狀，皺眉說：「余執行長應該沒有不同的意見吧？朱家百多年來的眾多謎團若能一一釐清，自然也會感激余執行長的大力幫忙。」

在情在理，都不能不准鄧山隨他們走，余華反正不怕鄧山跑掉，微微一笑說：「這是當然的，不過他們兩人恐怕是捨不得分開。若青，妳陪著鄧山一起去吧。」

這話一說，余若青和鄧山臉又不禁紅了起來。但不管兩人到底想不想在一起，余華這樣指示了，還是別違抗得好；當然……兩人也未必眞的願意分開。

「余小姐也一起去？」朱舜威卻是望著鄧山問。

鄧山望向余若青，兩人目光交纏片刻，鄧山這才點頭說：「如果可以的話……」

且不管余華的要求，今日兩人午時互吐心意，弄清了對方的態度，雖明知彼此吸引，卻又因感情上的自制，強自壓抑著這份情愫，然而兩人雖刻意保持距離，但偶爾目光相視，卻更讓人魂銷心醉。這種不穩定、不長久的感覺，令人更有種能多相處一刻就多一刻的情緒。

「那就一起走吧。」傻瓜才看不出兩人之間的關係，朱舜威不再囉唆，領著眾人往外走。

異世遊

他還沒看膩怎麼辦？

不久之後，鄧山與余若青兩人到了朱家在南谷大鎮設立的據點大樓。比較尷尬的是，一開始只替兩人安排了一間房間，後來在鄧山堅持下，朱家人雖聽話地又幫余若青安排一間，不過，神色之間難免有「何必多此一舉」的味道。鄧山可眞是啞巴吃黃蓮，有苦說不出。

不過在休息之前，余若青自然是留在鄧山房間，朱家人的守護則分配在上下三層，以不打擾鄧山爲主。據他們說，過一段時間，朱安山族老抵達之後，再遣人過來求見。

等那一片亂過去後，只留下了余若青與鄧山，兩人這才稍微輕鬆下來。余若青靠著舒服的座椅坐下，縮著嬌小的身軀，看著鄧山笑說：「幹嘛幫我多安排一間房？他們都在心裡偷笑你沒事找事。」

「妳明知道是爲什麼。」鄧山嘆氣說：「我怎能和妳同房休息？」

「你以前和語蘭不是曾經蓋棉被純聊天嗎？」余若青笑著說：「爲什麼那時候就可以？」

鄧山不知如何回答，只好不回答，他搖頭四面望望說：「這房間挺大。」

「嗯，有分內外間。」余若青不再開玩笑，正經說：「其實我幾天不睡也沒關係，你在裡間休息時，我在外面客室待著就好了……多準備一間房，他們得多安排人力保護。」

「啊？」鄧山倒是沒想到這點，事實上他也不是多需要睡眠，分兩個房間，其實是在原來世界中的習慣，他倒沒想到，在這個世界，並不是人人晚上都得躺平一段時間。

想到這兒，鄧山有些尷尬地說：「那妳剛怎不說？」

「你這人……」余若青白了鄧山一眼，忍笑說：「這種話怎麼能讓女孩子說？」

「呃……對喔。」鄧山抓頭說：「眞傷腦筋。」

「我只要別過去就好了。」余若青噗嗤一笑說：「這樣他們就不會調動人手了。」

「這樣的話，他們眞會當妳是我的愛侶喔。」鄧山笑說。

余若青臉又紅了起來，低頭說：「他們早就這麼認爲了。」

鄧山正想繼續說下去，突然警覺到，自己又不由自主地開始撩撥起余若青。鄧山暗罵自己幾句，走向另一個座椅，坐下說：「妳覺得，我要怎樣……才能在不被執行長發現的情況下，和張允老先生碰面？」

余若青沒想到突然聽到這句話，她望了望鄧山，見他是認眞在問，余若青這才收拾起紛亂的心情，仔細地想著鄧山的問題。

她沉吟著說：「那兒設置了多少監視器很難說，就連張達者身上有沒有都不知道……」

「所以想和他商量，又不被察覺，幾乎是不可能的事情？」鄧山煩惱地說。

「如果執行長想到這一點的話，我若是他，第一時間就會把張達者叫走，放到你找不到的地方。」余若青說。

「眞的嗎？」鄧山吃了一驚，跳起來說。

「不一定啦。」余若青說：「執行長每天要煩惱的事情很多，你這件事情雖然重要，他也未必會一直掛在心上……」

「還是不行，萬一張老先生被他藏了起來，那可麻煩了。」鄧山在房中走來走去。

「就算他沒被關起來，你又能怎麼辦呢？」余若青說。

「也許我可以拜託朱家，先一步把他搶過來。」鄧山說：「只要一確定他沒留下傳送器建造資料，我就可以放心回去，然後把機器毀掉。」

「這倒是好辦法，朱家應該辦得到。」余若青說：「只要去搶張達者的人先準備強度夠大的干擾電波儀器，之後控制了整個傳送區，再慢慢跟他解釋就可以了。」

「張老先生不知道願不願意離開這個企業。」鄧山煩惱地說：「如果他不願意，我這麼做就不大好了，但是，又只有你們企業願意幫助他做這個研究……」

「我也不確定……」余若青說：「但還是可以試試，我們組織管理上實在太過嚴苛，願意一直待的人其實不多，大多是被層層公司契約綁住了，不然就是被薪資誘惑……張達者不像是重視物質享受的人，不然也不會整天待在南墜島……但是研究能不能持續倒是個問題。」

「嗯……」鄧山突然說：「那時候康副執行長曾說過讓他更不自由一點，不明白是什麼意思。」

「可能就是在他身上安裝追蹤器之類的吧。」余若青說：「過去應該沒裝，有裝的話，他不至於不知道，更不可能和你演那場戲。」

「這事妳也知道？」鄧山吃了一驚。

「要去見你之前，一些相關資料當然都會到我手裡轉過一次啊。」余若青噗嗤笑說：「張達者和你倒是挺投緣的，都有點書呆子脾氣。」

鄧山乾笑兩聲，又開始煩惱了，如果張允願意幫助自己，也願意離開組織的話，那要讓他去哪兒？朱家嗎？朱家位於王邦，張允可是神使，讓他去那個地方，豈不是找他麻煩？如果他不能去朱家，那又能去什麼地方？

不過無論如何，總要和張允見面談過一次才行……

片刻後，朱安山趕到。

鄧山聽到門口傳來音樂，才剛去開門，朱安山就跳了進來，指著鄧山說：「你……你……我到底該叫你安陽大哥還是鄧山？」

「安山老師，叫我鄧山。」鄧山苦笑說：「安陽前輩只是會和我說話，我可並不是被他附身了。」

「哦？」朱安山瞪著鄧山說：「你可把我騙慘了。」

鄧山連忙鞠躬說：「我再道一次歉，眞是沒辦法。」

「那安陽大哥……」朱安山這時才發現站在一旁的余若青，他眉頭一皺，瞪了她一眼說：「她來幹嘛？」

「她是我的好朋友。」鄧山解釋。

「朱老先生。」余若青娉婷上前，施了一禮。

「你和余華的女兒……嘖……」朱安山似乎不好說下去，搖搖頭說：「讓她先去休息吧，我有話跟你說。」

余若青不好等人再趕，往外走說：「我到另外的房間去。」

「若青。」鄧山喊了一聲，帶著歉意看著余若青。

「沒關係。」余若青搖頭笑了笑，繼續往門口走。

「不用這麼麻煩。」朱安山皺眉說：「女娃兒妳到內房去，把門關上就好。」

余若青看了看鄧山，臉紅了紅，不再多說，往內房走去，慢慢地關上了門。

內房裡除了衛浴，只有一張大床而已，她會躺在床上等自己進去嗎？鄧山不由得也開始胡思亂想。

「鄧山。」朱安山喊回鄧山神智說：「你哪個女人不好碰，怎麼惹上余華的女兒？」

「這……」鄧山也不知道該怎麼解釋，只好說：「她其實比較替我著想。」

「這世界沒這麼單純。」朱安山說：「難道安陽大哥也沒意見？啊……大哥當初就是太容易輕信別人，沒想到你也這樣。」

「安山老師。」鄧山說：「反正她也聽不到了，您有什麼其他想問的？」

「當時你不肯告訴我誓約之印是哪兒來的，我可以理解。」朱安山說：「但是你爲什麼會隨我處置呢？難道安陽大哥沒意見？」

「對。」鄧山說：「他本不想再牽涉這世界的任何事情，但還是不忍見那東西就這麼消失了，才讓我帶回來給您；至於您要怎麼處置，他並不打算干涉。」

朱安山遲疑了片刻，才低聲說：「那麼……他會不會怪罪我帶回朱家？」

「當然不會啊。」鄧山忙說：「否則就不會說隨你處置了。」

「我對朱家現任家主──鈞凌城王報告的時候，是說……」朱安山有點擔心地看了鄧山一眼說：「你要我交還給朱家，我並不是說你隨我處置。」

「唔？」鄧山微微一愣，不明白朱安山爲什麼這麼說。

「我一開始並沒打算扯出你。」朱安山說：「該將這誓約之印交給哪一方，我思考了兩日夜，最後終於交給朱家，這也是因爲你離開前的一席話……」

「我？我說了什麼？」鄧山訝異地問。

「其實這一點我也早就知道了，只是一直不肯釋懷。」朱安山說：「當時我告訴過你，也許當年的朱家曾有人對不起安陽大哥，但是如今的朱家，和當年的朱家早已大不相同……我心想，既然天意讓這印落到我手中，也該是我放棄成見，帶著此印回歸朱家的時候。」

「嗯。」鄧山點頭說：「挺好的啊。」

「我這樣決定，大哥也不怪我嗎？」朱安山慌張地問。

「不，不會。」鄧山忙搖頭說：「他說隨便你。」

「大哥就是這樣……」朱安山嘆氣說：「老是漫不經心的。」

「唔……」自己又矇對了？鄧山尷尬地說：「安山老師，您剛剛說的還沒說完。」

「對。」朱安山忙說：「當我歸還時，我並沒說出你這人物，只說我無意中獲得，但是就在那時候，朱家突然發現了你那晚的蹤跡，進而找到了大哥的墳……說實在我眞的不懂，那個山崖我當年上去好幾次，從沒發現過什麼蹤跡，你怎會把大哥的遺骸埋在那兒？」

「因爲安陽前輩臨死前衝上山崖，躺入樹底淺坑，然後在樹中往上開了一個大洞，才鑽到洞中躲藏。」鄧山說：「他後來就在樹洞中逝世，一百三十年來，沒人發現到淺坑之上還另有一個洞窟。我是貪圖方便，才將他埋在淺坑之中。」

朱安山聽得一愣一愣，隔了好久才說：「原來是這樣，大哥眞是太厲害了。」

「是啊，臨危之際還有這樣的反應力和決斷力，眞是不簡單。」鄧山說：「所以他才能保住這誓約之印。」

「對對，我又岔題了。」這次朱安山自己發現，連忙說：「因爲本家發現了這件事情，加上我拿著誓約之印回返，而你當時又住在我家，我差點成了害死大哥的嫌疑犯……」

鄧山倒沒想到此事，吃了一驚說：「牽連到安山老師了？」

「還好啦。」朱安山苦笑說：「我對大哥忠心耿耿，活得夠老的人都知道，加上剛把我迎回來當族老，馬上就把我打成階下囚也很奇怪……他們總算接受我所說的，下一步當然就是要找你來對質了。」

「嗯……」鄧山說：「我聽說，您還頗有點反對？」

「這你也知道？」朱安山吃了一驚說：「余華這小子不只是壞蛋而已，看樣子探子也放了不少，我們可得小心點。」

「這企業眞的是有點麻煩。」鄧山也嘆了一口氣。

「等等再跟你說這企業的事。」朱安山瞪了鄧山一眼，似乎責怪他哪兒不好去，怎麼跑到這企業去，跟著才說：「雖然我也不知道你如何得知安陽大哥的遺骸位置，但是你既然無條件地拿誓約之印給我，我相信你不是壞人，所以當時我是對鈞淩城王說，你雖然沒告訴我取得之法，卻要我送還給朱家。」

「喔……」鄧山這才了解，點頭說：「我明白了。」

「你可別拆穿我啊。」朱安山吐吐舌頭說：「欺騙城王可是重罪，也幫我叫大哥不要生氣。」

「他不會生你的氣啦。」鄧山看朱安山一副擔心的模樣，開始胡謅說：「他老是說，你過百多年了眼睛還這麼大一顆，不愧是大眼兒。」其實這是金大說的，鄧山三不管搬過來亂用，反正鄧山漸漸有種感覺，金大和那朱安陽老前輩個性竟彷彿有點相似，把金大的個性套過來用，好像挺合拍的。

朱安山果然感動得眼眶發紅，有點哽咽地說：「大哥果然還記得大眼兒……我……我……我一直不相信您真的死了……」

又把自己當鬼了……鄧山忙說：「安山前輩，其實我也有件事情想跟你商量。」

朱安山克制住自己的情緒，尷尬地說：「怎麼了？你說。」

「其實我不是這個世界的人。」鄧山把自己來這世界的原因簡略地交代了一遍，最後才說：「所以，我不敢貿然和余執行長衝突，他隨時可以去我的世界傷害我的親人。」

朱安山萬萬沒想到，鄧山居然是另外一個世界的人，他嘴巴張大了半天才說：「我當初是覺得你來的地方未免太過落後，原來你來自幾千年前的地方？」

「聽說不是同樣的世界。」鄧山也搞不大清楚，只好胡亂解釋說：「但是以科技來分的話，確實比這邊落後非常多。」

「那麼……」朱安山神色凝重地說：「你說想封住空間孔，那你打算回去嗎？還是？」

「當然是回去。」鄧山說：「我的生活、家人都在那兒。」

「那可能會永遠過不來這邊了喔。」朱安山說：「那安陽大哥……」

「那也沒辦法啊……這樣才能一勞永逸，否則我永遠是提心吊膽。」鄧山假傳聖旨地說：「安陽前輩也同意。」

「大哥也……嗯……」朱安山似乎想通了什麼，神色一舒，頓了頓說：「那裡面那女人怎辦？」

「她……」鄧山呆了呆才說：「還不知道願不願意隨我回去……」

「她是余華的女兒，最好不要相信她。」朱安山沉吟說：「我們本也曾想到，你可能有什麼把柄或親人在睿風企業手中，我來的同時，已經派出一個宿衛部隊往東海小島的方向搜尋，本想跟你問清楚一點之後，立刻去帶人……沒想到是這樣。」這些人還眞有效率，居然已經派隊伍出去了？鄧山還沒來得及說話，朱安山跟著又說：「照你這麼說的話，掌握住空間孔的人就足以威脅到你，所以……那位張允先生……」

果然是老經驗，鄧山忙說：「對，就是他研發了這種空間傳送孔，我並不知道他有沒有在那兒留下建造的資料……」

「先下手爲強，把他搶來再說。」朱安山一拍掌，望著鄧山說：「南墜島中央偏西嗎？」

「差不多是那邊。」鄧山點頭。

「好。」朱安山說：「等我片刻，我馬上去交代。」跟著站起身來。

「等等……」鄧山忙說：「別傷了他，那位老先生人不錯。」

「明白。」朱安山笑說：「還得跟他好好合作呢，怎能傷了他。」

鄧山鬆了一口氣，感激地說：「那就麻煩安山老師了。」

「應該的。」朱安山正要走到門口，突然停下腳步，皺眉說：「不過這一來，就算不留痕跡，余華也會知道是我們幹的，如果他馬上派人過去對你親人不利的話……」

鄧山倒沒想到這點，慌張地說：「那可不行。」

「這樣好了。」朱安山說：「我先讓我們的人去探看他的行蹤，如果佘華派人過去，想帶走他，我們就馬上出手搶人；如果沒有，就先拖兩天，等鈞凌城王與你見面之後，再看這件事情該怎麼處置。」

「鈞凌城王……是怎樣的人？」鄧山好奇地問。

「是六房那一系傳下的子孫。」朱安山說：「因爲我當時離開朱家，他登上城王的詳細過程不大清楚。只知道他精明能幹，又得人心，很早就展露出過人的才華，六十餘歲的時候就獲任族老，大權獨攬；七十五歲時，八代家主過世，眾人就推舉他接任九代家主……這已經是十年前的事情了。」

金大突然說：「七十五歲當上家主？很年輕呢，以前最早的就是朱安陽了，他也到九十多才接任。」

「這麼老才接任喔？」鄧山不大能理解。

金大解釋：「這兒修練有成的人，活到一百五不是問題，除非主動退休，否則家主是終身職，太早當會當太久，不好。」

朱安山看鄧山突然呆掉，他小心地看著鄧山的臉色，等了片刻才說：「安陽大哥有什麼意見嗎？」

「喔？」鄧山忙說：「不，他是有點意外，怎麼這位家主這麼年輕就當上了。」

「嗯……聽說他天資卓絕，是朱家建基以來的第一人……很多人都期待他接任家主。」朱安山說到這兒，尷尬地說：「我相信大哥功夫比他更厲害，只不過在擴展本家這方面，他確實比大哥多花了些心力。」

鄧山心中暗笑，朱安山也太客氣了，那位安陽前輩似乎根本沒什麼擴展本家的念頭，到死前都還在到處亂跑。

「他是有道理的。」金大突然說：「只是沒跟人說過。」

「喔？」鄧山意外地說：「他想過呀？」

「嗯。」金大說：「他接掌之後，花了幾天時間，清查世家內各編制人物和帳務的清單，發現經過五代經營，大日朱家的勢力已經隱隱追上奔雷葉家，甚至有超越的趨勢，除非真想取而代之，否則這樣下去的話，兩邊必定會產生衝突，所以他不再管事，讓家業自然萎縮。」

「因爲他沒有取而代之的野心，所以不擴展？」鄧山問。

金大說：「這和野心無關，他認爲王邦內若有大規模衝突，神國內主戰派勢力就會崛起，若是神國南犯，王邦獲勝的機會不大……因爲王邦雖然人口增加很多，但是眞正高手的數量，卻還不如六百年前剛出花靈之境時，可是神能卻不會變少，一比之下，勝負可知。」

原來這麼複雜，鄧山突然更佩服那位安陽王……這些當王的人還眞有點辛苦，而且他最偉大的地方是這些事情都藏在心底，所有人都以爲他迷糊不管事……不過也因爲如此，自己今天才能假裝靈媒混過去。只可惜金大那番話不便對朱安山說，鄧山看著有點擔心的朱安山，笑說：「安陽前輩沒放在心上，安山老師不用擔心。」

「那就好。」朱安山說：「那我就先告退了，先去把張允的事情交代一下，再傳訊到大日城去看看城王有沒有什麼交代的。」

「安山老師慢走。」鄧山連忙起身送行。

「天色晚了，沒什麼事我就先不過來了。」朱安山一面走一面說說：「如果想到什麼，隨時叫人找我，別客氣。」

「是，謝謝安山老師。」鄧山將朱安山送出門口。

等朱安山離開，鄧山稍微鬆了一口氣，有朱家幫忙自己，比起當時孤家寡人傷腦筋可好多了……啊，還有余若青幫著自己……鄧山想起余若青，心情好了起來，奔過去打開內房門，往內一看，不禁吃了一驚，連忙關上門跳了出來。

卻是內房中的浴室區，不知是爲了方便還是怎麼，只以透明玻璃隔間，鄧山打開門戶的那一剎那，剛好看到光溜溜的余若青，正四肢伸展，讓四面八方湧來的細密水柱沖洗著她白皙光滑的肌膚。

兩人目光一碰，余若青倒是不怎麼驚訝，只象徵性地微遮了一下胸前，側過身子，一面含笑白了鄧山一眼。鄧山自然是馬上乖乖衝出房間，不敢再踏入半步。

女人眞麻煩，什麼時候不洗澡，可能會被看到的時候就突然洗起澡來了？鄧山一面暗罵余若青，一面在屋中轉來轉去，腦海中卻不斷浮現剛剛看到的畫面，就連柳語蓉，鄧山都還沒看過她全裸的模樣，沒想到今日居然無意中……

「別罵了。」金大哼哼說：「我看你高興得很。」

鄧山知道瞞不過金大，尷尬地說：「她……也是很漂亮啊，看到當然不會難過，可是這不代表我想看，這是兩回事。」

「我說你們兩個喔……」金大說：「你們以爲不推倒，就代表對得起你的女人嗎？」

鄧山一呆說：「什麼？」

「你和這女人這樣眉來眼去，只不過沒眞的推倒，就不算對那個女人不忠嗎？」金大說：「我可眞搞不懂你們人類，推不推倒眞的這麼重要嗎？重要的不是心嗎？你的心還對你的女人忠實嗎？」

金大雖然是平靜地提出疑問，但這連續幾個問號，就好像幾下大槌一樣，砰砰砰地直敲上鄧山腦門。鄧山臉色慘白地坐下，金大這些話直接戳破了鄧山自欺欺人的謊言，自己的心根本就已經出軌了……有沒有眞的做出什麼難道眞的有差？

「唉唷！」金大說：「我可不是說來讓你難過的，眞糟糕，害到自己！失策、失策。」

「對……對不起。」鄧山心情沉重地說：「因爲你說的沒錯……我還一直以爲自己沒做錯……」

「那你現在要怎麼辦？」金大認眞說：「將錯就錯？反正心已經出軌了，乾脆推倒？」

「你……你不要正經幾句之後又開始胡扯……」鄧山眞不知道該氣還是該笑。

「看你這樣，我想你推倒之後可能心情好點嘛。」金大說：「不推就不推，當我沒說。」

鄧山嘆了一口氣，抱住頭，不知道自己該如何是好，如果自己忍不住關懷著、疼惜著、貪戀著余若青，不管是不是眞的做了什麼，難道就算對得起柳語蓉？可是什麼都可以壓抑，心如何能壓抑？怎麼能管住自己的心？

其實余若青一點都沒錯，她心中只有一個人，她要怎麼喜歡自己，都是天經地義的，錯的是自己，既然有了屬意的對象，怎麼可以又對她動情？難道自己眞的比較喜歡余若青？不……不是……鄧山想著，余若青對自己確實有很大的吸引力，但那是男與女本能上的吸引，畢竟她本身是個條件不錯的美女，尤其當她含情望著自己時，更容易讓人心動，但和她分開的時候其實並沒有這麼強烈的思念……所以，自己應該不是眞的愛上她了……

鄧山鬆一口氣，心中暗暗打定主意，自己千萬不能再逗弄余若青，務必要保持一段距離，否則可是誤人誤己，一點好處也沒有。

剛想通，心安下來的鄧山，忍不住詢問金大：「你覺得……這樣可以嗎？」

「我不知道耶。」金大說：「我不懂人類的愛情，當然不知道你是不是不愛她。」

「我剛仔細想，應該不是。」鄧山說：「但因爲她很美麗，加上又挺喜歡我，這樣相處著，我難免會對她產生慾望，這是我該自我克制住的地方。」

「喔……唔……嗯……」金大突然發出幾個怪聲。

「怎麼？」鄧山聽得莫名其妙。

「我本來想說，但是想想又覺得不該說。」金大說：「你說不定聽了又會難過，我就糟糕，自己又害到自己。」

「你說吧。」鄧山好笑地說：「說一半我更難過。」

「喔……好吧。」金大只好說：「你剛說的那一堆，我看不出來……這和你另外那個女人的關係有什麼不同耶？」

鄧山心中一震，自己和柳語蓉……難道也只是這樣？

「果然糟糕！」金大哇哇叫說：「我就知道不該說。」

「不……」鄧山有些慌亂地說：「你……讓我想清楚。」

金大沉默下來，鄧山則是惶恐地想，難道自己根本不夠愛柳語蓉？鄧山想著剛剛自己說的話——「因爲她很美麗，加上又挺喜歡我，這樣相處著，我難免會對她產生慾望……」

所以……自己對柳語蓉其實也只是慾望而已？沒相處的時候，自己也不見得多麼思念著她……沒想到居然因爲思考和余若青的關係，而發現……

「怎麼了？」這是余若青的聲音。

鄧山抬起頭，看她穿回了衣服，正有些意外地看著自己。

「剛剛……對不起。」鄧山有點慌張地說。

「沒關係，是意外。」微帶羞意的余若青，坐到鄧山身旁，輕輕地說：「你怎麼臉色發白？不用自責成這樣啊……你看到，我不會太在意的……」

其實余若青心中多多少少也有那麼一分半分，是想讓鄧山瞧見的，反正估計鄧山也沒膽多看，讓鄧山這麼瞄上一眼，對余若青來說，羞澀之餘，也頗有種報復與逗弄的意味在裡面，畢竟現在的她，除了這樣以外，也沒法期待鄧山與她更接近。

逼得鄧山許諾和她保持距離，是爲了符合她對自己的道德要求，但卻違逆了人性，兩人一面壓抑著情感一面相處，心理上難免都已經有點變化。余若青會做出這種舉動，也只爲了沖淡那份難以滿足的渴望情緒。

此時鄧山想到剛剛冒出的想法，苦著臉搖頭說：「不……不能再這樣下去了。」

余若青沒想到，鄧山只看一眼反應就這麼大，她一時想岔，有些慌張地說：「我……我不是有意引你……讓你很難過嗎？……都是我不好。」

她想到哪兒去了？鄧山連忙搖頭說：「不，不是，妳誤會了……我不是……不是妳想的那種難過。」

「喔……」余若青臉又紅了，低聲囁嚅地說：「那不然呢？我讓你看到不想看的東西嗎？」

「妳明知道不是的。」鄧山不知道該怎麼讓她明白，於是換個角度說：「剛剛……安陽前輩問了我幾句話。」

余若青這才想到，鄧山身上有鬼附身，她花容失色，不自禁地抓著胸口衣襟說：「他……他也看到了？糟糕……」

「這不是重點。」鄧山沒想到越說越亂，搖手說：「他是後來才冒出來跟我說的。」

「喔？」余若青仍然放不下心地說：「那……那他沒看到？」

如果自己像她一樣這麼在意的話，那早就不用做人了，金大可是整天都盯著自己。鄧山嘆氣說：「我和語蓉在一起的時候，他也看在眼裡啊，只是通常他都不會出現，他並不喜歡打擾我。」

「啊……」余若青表情很古怪，皺著眉說：「他都看著啊……好怪喔。」

這女人老是偏離重點……鄧山決定下狠招，臉色一正說：「其實我們周圍一直都很多鬼飄來飄去的，他們本來就一直看著我們的一切，只是我們不知道而已，不用太大驚小怪。」

「什麼？」余若青大吃一驚，貼到鄧山身邊，四面張望，慌張地說：「這屋裡還有別的鬼？」

鄧山沒料到自己隨口一句話，余若青反應就如此劇烈；他卻忘了自己如今可是「鬼」權威，他要是說有，誰也不敢不信。

此時見余若青這麼慌張，鄧山只好胡亂安撫說：「別怕，現在沒有，他們……他們是飄來飄去的，偶爾經過也不大會留著，反正他們死了幾百年，早就看膩了。」

「那……萬一剛死的鬼呢？」余若青睜大眼說：「他還沒看膩怎麼辦？」

我哪知道怎麼辦？鄧山直想大叫，更何況余若青越是害怕，那剛洗乾淨香噴噴的身子貼得越近……問題是把她嚇成這樣的又是自己，眞不知道該怎麼收尾。

余若青等了半天，見鄧山突然不吭聲了，她呆了呆，移開身軀，離鄧山遠了點，這才說：「你……你生氣了嗎？」

「沒有。」鄧山呆滯地說：「我不知道怎麼樣讓妳別害怕。」

余若青四面張望了片刻說：「你看得到鬼嗎？」

「看不到。」鄧山推卸責任說：「是安陽前輩說的。」

「我們周圍……很多鬼會飄來飄去嗎？」余若青又問。

「別一直問鬼了。」鄧山累了，無力地說：「妳不是很怕嗎？還一直問。」

「可是我想知道啊。」余若青縮著身子，又想聽又害怕地瞪大眼睛說。

「我……」鄧山拿她沒辦法，嘆氣說：「饒了我吧，我們別談鬼好不好？」

余若青似乎有點失望，頓了頓才說：「那……你剛本來要說什麼？安陽前輩問什麼。」

該告訴她自己並不愛她嗎？鄧山看著余若青，心頭一軟，如果自己心中，對她和對語蓉其實一樣的話……又何必說這麼多？於是搖頭說：「先說別的吧，安山老師派人過去南墜島了。」

「喔？」余若青睁大眼睛說：「要先把張達者搶來嗎？」

「不。」鄧山搖頭說：「安山老師說，一搶人，執行長就知道是我們幹的了，他要是先下手爲強，派人過去那個世界，反而不妙。」

「嗯……沒錯。」余若青點頭說：「他老人家考慮得比較周詳。」

「所以他派人先盯著張老先生。」鄧山說：「萬一狀況不對，就搶人；如果沒問題的話，就先放著不管，等見過朱家的大日城王再說。」

「嗯……」余若青突然望著鄧山說：「你見到朱家城王，可要小心點說話。」

「怎麼了？」鄧山訝然問。

「安陽前輩似乎不打算管朱家的事情，你本身當然更沒有興趣。」余若青說：「但安陽前輩畢竟是第六代城王，此時魂魄突然出現，對當今城王的權力是一種威脅。」

「嗄？」鄧山吃了一驚說：「你意思是……他會防著我？」

「防著你還是小事。」余若青說：「更好的辦法是弄個什麼意外，讓你死於非命，就再也沒有問題，也不用擔心一百三十年前的什麼仇人又找上門來。」

「呃……」這會不會太誇張，鄧山苦著臉說：「不至於這麼心狠手辣吧？」

「這種事情最正常不過了。」余若青嘟著小嘴說：「我要怎麼跟你說你才會懂……你別忘了涵珊族老和安山族老對你的態度，朱家除城王之外，權力最大的三大族老，就有兩個一定會服從安陽王的命令，他怎可能放心？」

「這樣啊……」鄧山抓頭說：「所以我一見到他面，就要告訴他，我想回我的世界，這樣應該就安全了吧？」

「安山族老比我們還精明，就算爲了你好，也該已經呈報上去了。」余若青沉吟說：「只要大日城王相信，就不會有大問題。」

難怪朱安山臨走前提了一下要去聯絡城王……看來他早已經想到此事，果然百多年的歲月不是白活的，思慮十分周密。

「那我應該很快就可以回去了。」鄧山高興地說。

「恭喜你。」余若青望著鄧山，表情有點複雜。

如果就此和她分開，那這煩人的愛情問題也就解決了吧？但是眞的從此不再見到她了嗎？鄧山想到這兒，又有種捨不得的感覺，忍不住開口問：「妳……妳呢？」

這問題，下午兩人已經討論過一次，但是經過了這半日，兩人之間的感覺似乎又有了變化，余若青別過頭，過了幾秒，她才說：「看你。」

「什麼？」鄧山聽不懂。

「你要我去，我就去……你不要我去，我就不去。」余若青平靜地說。

「妳……」鄧山呆了好半晌，終於苦著臉說：「妳怎麼老是把責任推到我身上啊？」

「當然是因爲……」余若青站了起來，微微側頭說：「我對你的心，已經說得清清楚楚了呀。」

所以，現在的問題在我身上了？鄧山聽出語意，愣愣地望著余若青，她從一味地退讓，已經轉變成……開始期待自己選擇她嗎？是因爲今日自己的各種舉動給了她錯誤的暗示嗎？

余若青也不等鄧山反應，嫣然一笑說：「剛洗好澡，身子懶懶的，我進去躺躺。」

「喔……」鄧山愣愣地說：「好。」

余若青轉身往內走，一面輕飄飄地拋過一句話：「別顧忌太多了，也想休息的話就一起進來，我相信你。」

誰敢進去啊！我可不相信自己……鄧山望著那半掩的門戶，大嘆一口氣，癱在座椅上，心中卻突然冒起一個念頭，如果自己對她和語蓉都一樣，那……爲什麼一定要選擇語蓉？

異世遊

鄧山的色心抑制劑

兩天過去了，朱家這方面，除了偶爾朱安山會來閒聊幾句，倒是沒什麼新變化。據他說，城王這幾天剛好忙著處理一些事情，本希望能直接將鄧山迎去大日城，但得知鄧山還有顧忌，所以將會儘快忙妥，趕來南谷大鎮。

至於余若青，這兩日當眞就都留在鄧山屋中了，已無顧忌的余若青，除了不主動碰觸鄧山之外，言語之間眼波流轉、笑語盈盈，眞是說不盡溫柔無限。不過，鄧山自從有所警覺之後，言語和行爲上，都儘量保持著一定距離，這麼一來，倒是比較能穩定住自己的心志。

這麼過了兩日，今日近午時分，余若青與鄧山商量，想回去收拾點衣物，順便回去見過執行長，以免因太久沒與組織聯繫，讓執行長產生疑慮，另有算計。

鄧山對余若青自然是百分之百放心，當下請朱家送她離開。朱安山雖然頗有微詞，卻也沒法找出留下余若青的理由，只好同意。

所以，剛用過午餐的鄧山，此時倒是難得獨自留在房中，忍了兩天的金大，連忙跳了出來要找鄧山過招，鄧山反正也覺得有幾分手癢，很爽快地答應了。

兩人練習了一段時間，金大突然停下說：「你招式雖然沒學全，但是基本上的應用已經夠了，這方面你還眞的學得挺快。」

「眞的嗎？」鄧山難得被金大稱讚，抹抹汗說：「我還是打不過你呀。」

「這是當然的。」金大得意地說：「你經驗畢竟不夠，隨便出個怪招，你就呆了，我記得的怪招可還有一大堆咧，你不是對手啦。」

打輸金大，鄧山倒不會不好意思，呵呵笑著說：「好啦，你最厲害。」

「嘿嘿。」金大在得意的笑聲中，一面縮回鄧山體表，一面說：「你放鬆，我控制一下，你注意一下。」

「嗯？好。」鄧山放鬆身體，讓金大拿著花靈棍，揮動著幾個不同的變化。

金大很快地做了四、五個花靈棍法的招式動作，一面說：「你練一下。」

「好。」鄧山自己控制著身體，一面重複動作一面說：「這幾招我不大熟。」

「對。」金大說：「你不熟的招式還很多，但是有幾個狀況下，攻防上特別空虛，這幾招學起來可以先彌補。」

「喔……」鄧山一面體會著招式，一面想著說：「所以剛剛你那招，我這樣擋的話，就不用往後退了？」

「對。」金大說：「還有那招右胸虛引，然後攻擊你左腹的招式，當對方從這角度攻擊你，你不知道他想攻胸還是腹時，就用我教你的第二招，可以把胸腹都守穩，還可以趁隙攻擊，對手應該就得變招了。」

「嗯……有道理。」鄧山連連點頭。

等鄧山熟練之後，金大又與鄧山過招，然後又再找出鄧山最急迫需要學會的招式，一教一學，很快地一個下午就過去了。

鄧山掌握了訣竅，和金大過起招來，比之前感覺有趣多了，學棍法的意願也增強不少。心態一轉變，學習的效率就會不同，單以今日來說，就多學了不少功夫。

這麼針對鄧山的破綻處不斷學習，而且學的都是棍法中鄧山本已看熟的招式，這種狀況下，學習速度可說異常地快。

到了晚間，金大和鄧山過招時，鄧山不只是有攻有守，還越來越不容易被金大打敗，縱然是獲勝無望，金大卻也很難找到他的破綻。金大過癮之餘，突然驚呼一聲說：「糟糕。」白色身形往外跳了開來。

「怎麼？」鄧山一怔，停下了手。

「你越來越厲害，以後會不會都不讓我出手了？」金大擔心地說。

怎會擔心起這種事情？鄧山好笑地說：「我哪比得上你，至少黑焰氣現在只有你能運用。」

「其實，只要你招式再熟練一些，對敵經驗再豐富一點……」金大說：「我們兩個現階段最強的搭配法，是你控制招式變化，我控制黑焰氣運行。」

「還可以這樣？」鄧山沒想過這種方式，有點意外。

「因爲不管我懂多少招式，戰鬥過程還是用金靈部分拖動著你的身體，你是被動配合。」

金大說：「速度絕對比不上你自己控制。一般敵人還好，遇到高手，差這一點點就差很多。」

「原來是這樣……」鄧山笑說：「你放心吧，我不喜歡打架，能交給你都會交給你的……除非你故障，那就眞的沒辦法。」

「眞的嗎？」金大高興地說：「太好了！」

「這樣是不是代表我不用學這麼多？」鄧山突然發現今天好像太勤快了。

「不對！」金大忙說：「我故障的時候你要靠自己啊！還有，萬一遇到眞正的高手，我們就得用最強模式，才有機會保命了。」

鄧山嘆氣說：「等我回去，就不用整天擔心有人要來殺我了……」

「不行，回去也要變更強！」金大說：「這樣和我打起來才過癮。」

「我怎麼覺得，這才是你眞正的目的……」鄧山沒好氣地說。說到這兒，鄧山心念一轉，突然一驚說：「若青怎麼還沒回來？」

「我不知道。」金大說：「她和你黏了兩天，才走了一下午，很久嗎？」

「怕執行長找她麻煩……」鄧山想了想說：「我用通訊器和她聯繫看看。」這兩天兩人沒事，余若青倒是教了鄧山不少這世界的事情，也包括使用通訊器。

「好啊。」金大沒有意見。

鄧山操作著通訊器，等候了片刻，耳下那片薄膜傳出余若青帶點喜悅的聲音說：「鄧山？找我？」

「是啊……若青？」鄧山聽到她聲音，心安了一半說：「看妳很久沒回來，問一下，沒事吧？」

「沒事啊。」余若青說：「我還以爲……」

「嗯？」鄧山。

「沒什麼……」余若青聲音低了點，柔聲說：「我去買點衣服，晚點再回去你那兒。」

「喔。」鄧山問：「妳見過執行長了嗎？」

「還沒……等等才去。」余若青說：「我回去再說吧，好不好？」

「好吧。」鄧山說。

關了通訊器，鄧山心想，也許她擔心有人竊聽？或者她現在不方便多說？反正只要她沒出事就好了，倒也不用擔心太多。

「再來、再來！」金大又嚷了起來：「她回來就沒得玩了。」

「好啦……唔。」

鄧山正要答應，突然門口鈴聲響了起來。鄧山聳聳肩，鼓氣迫出，將花靈棍縮小放入口袋，並等煙霧稍微散去，才走過去開門。

門一開，卻見前面站了一堆十幾個人，鄧山吃了一驚，忙退了兩步。

「鄧山。」開口的是站在門側的朱安山，他帶著微笑說，一指當門而立的中年人說：「見過鈞凌城王。」

大日城王朱鈞凌來了？鄧山吃了一驚，還沒仔細看清楚，連忙施禮說：「參見城王。」

「不敢。」朱鈞凌異常和氣地說：「安陽王此時可在？後輩朱鈞凌，領三族老、八檢儀向他老人家請安。」

鄧山連忙說：「安陽前輩忽隱忽現的，城王不用客氣，他並不在乎禮數，您這麼一說，他可馬上躲起來了。」

「爺爺不在嗎？」另一個有點失望的聲音傳來。

鄧山轉過頭，這才發現另一旁站著居然是族老朱涵珊，果然都來了。鄧山連忙說：「涵珊族老。」

「這麼說吧，其實安陽前輩在不在我並不知道。」鄧山擠出這幾日想妥的說法，對眾人說：「他有時候聽到我的疑問，就冒出來對我說話，並不是一直都出現的。」

這幾日和鄧山比較有接觸的朱安山，對這個論點也已經接受，他轉頭對眾人說：「城王，不用擔心失禮，安陽大哥並不算是眞的附身在他身上，只是和他能夠溝通而已。」

朱鈞凌點點頭，微笑對鄧山說：「那我們進去談？」

「當然。」鄧山連忙讓開，讓門外眾人走入。

還好門外一群人沒都走進來，只有四人走入，除了城王之外，鄧山認得朱安山和朱涵珊，另一位矮胖老者可就沒見過了。

「這位是勇華族老。」朱安山正一面介紹說：「你應該也是第一次見到？」

「是。」鄧山行禮說：「見過族老。」

朱勇華點了點頭，臉上沒什麼表情。

「鄧山，你也坐吧，大家都坐。」已經坐下的朱鈞凌右掌一揮，示意大家坐下。

鄧山一面坐下，一面仔細地打量著，這位據說是朱家數代以來最優秀的城王。

如果按照上次朱安山所說，朱鈞凌該已八十餘歲，不過看來只像個中年人而已，他五官端正、目朗神清，臉上的微笑十分可親，又不像余華、康禹奇那樣，笑起來總給人一點虛假的感覺，讓人十分樂意和他接近。

鄧山經過余若青提醒，對這第九代城王本有不小的戒心，但是一見到面，立即大起好感，一城之王果然不像爲非作歹企業的頭頭，氣質根本完全不同。余若青想必是和余華那種人接觸久了，才這般猜測朱鈞凌。

「鄧兄弟。」朱鈞凌緩緩說：「其實對於安陽城王的事情，我還是半信半疑的。」

這開場白挺意外的，鄧山只來得及點點頭，只聽朱鈞凌又接著說：「但既然安山族老與涵珊族老都相信，我當然也寧可信其有，畢竟這是喜事。」

鄧山雖然和這些老前輩比起來，年紀連他們的零頭都算不上，但畢竟也不是小孩子，他對這世界很多事情不懂，卻不代表他不明白人情世故，聽到這兒當即說：「城王請放心，安陽前輩一點都不想干涉朱家現狀，所以不管他是不是眞的存在，您都可以當他不存在。」

鄧山這話倒是讓朱鈞凌有點意外，就連另外三名族老的神色也都有了一些變化。

朱鈞凌點頭緩緩說：「所以當初你安葬安陽王屍骨，並取回誓約之印，卻不告訴安山族老眞話？」

「是的。」鄧山說：「我與安陽前輩本希望這件事情到那兒爲止，沒想到行事之間卻露出破綻，讓諸位追查到我身上……其實，諸位大可當成沒發生過這件事情。」

「嗯……」朱鈞淩說：「我了解你的意思了，本來我也相信，就算安陽王還在，也不會干涉今日朱家的事務，如今鄧兄弟這麼一說，勇華族老應該更安心了？」說著，他笑望了那矮胖老者一眼。

矮胖老者依然面無表情，只微微頷首，並沒出聲，望著鄧山的那雙小眼仍不怎麼和善。

「如果能如鄧兄弟所願，當然很好，不過人生卻並非盡總如人意。」朱鈞淩說：「如果我猜的沒錯，如今王邦各城應該都知道你掩埋安陽王屍骨的消息……」

鄧山一愣，隨即醒悟，連遠在南谷的睿風企業都能打探到這些消息，同樣在王邦的各勢力想必更清楚，這麼說來，好像眞的有點麻煩了。

「關於安陽王的事情，我們是下達了最高等級的封口令。」朱鈞淩說：「倒是不用太顧忌重新掀起當年的仇怨……各勢力關注的應該是誓約之印的去向，如今大多數的人都認爲朱家已經取得了誓約之印。」

這麼說來，不關自己的事了？鄧山臉上不由得露出高興的神色。

「可是……這件事情此時並不適合對外公布。」朱鈞淩笑容微斂說：「首代城王過世之後，朱家雖一直保存此印，卻從沒對外公開，這件事情……安陽王應該知之甚詳。」

金大那懶惰鬼上次懶得說……鄧山一面在心中暗罵，一面說：「安陽前輩曾說牽涉太多，不想跟我說太清楚。」

朱鈞凌倒是深深點頭說：「這樣對你也好，總之，我們會宣稱我們未獲得此物，也會說你埋葬安陽王屍骨，只是機緣巧合……這樣對你和安陽王魂魄來說，反而比較安全。」

這倒是有道理，鄧山點頭說：「城王想得果然周到。」

「不過……」朱鈞凌眉頭微微一皺說：「如果就這樣不管你，一定會有人試著抓你逼問誓約之印下落，而在我們的立場，又不可能派人保護你，否則我們對外宣稱的內容也沒人相信了。」

「呃……」鄧山倒沒想到這點，這意思是，等等自己應該走出這大樓，然後等人來抓自己去嚴刑拷打？這樣好像……

「安山族老說，你並非這世界的人？」朱鈞凌突然提起另外一件事情。

啊？如果他們把自己送回那個世界，就沒這問題了。鄧山連忙說：「是，我想回去自己的世界，只是……」

「只是異世空間孔的技術掌握在睿風企業手中，對你造成威脅。」朱鈞凌接口說：「我們也是可以用大日城的勢力逼迫他們放過你，不過不怕一萬只怕萬一，治本的方法，還是封了那空間孔比較好……你覺得呢？」

「當然是封了比較好。」鄧山忙說：「可是要先讓我回去。」

「這是當然……」朱鈞凌肅容說：「不過這麼一來，就眞的再也來不了這邊了，你不怕日後後悔嗎？安陽王也沒意見？」

「安陽前輩沒意見，我也不會後悔。」鄧山嘆口氣說：「其實我那兒……雖然不是什麼多好的地方，但總是自己的故鄉，我也住習慣了……」

「既然這樣，我明白了。我打算暫時把你交回給睿風企業保護，以免他們另有異念。」朱鈞凌說：「而我會留下兩組宿衛隊，由勇華族老統帥，一面注意你的狀況，一面幫你把那空間孔的事情打理妥善，讓你安心回家，最後再封住空間孔，你覺得這樣安排如何？」

簡直太完美了！鄧山不由自主地站起說：「如果眞能這樣，那眞是太好了。」不過說到這兒，鄧山卻有點狐疑，這件事情怎麼不由和自己相熟的朱安山負責，而找這個看來脾氣不大好的勇華族老？

看鄧山目光瞄向朱安山，朱鈞凌微微一笑說：「因爲大日城那兒，還有要事需要安山族老協助，所以不得不請他回去；勇華族老雖然話不多，但是做事沉穩可靠，鄧兄弟可以放心。」

他們已經替自己想得很周到了，不該再讓人家爲難，鄧山連忙搖手說：「謝謝，沒關係，這樣很好了。」

「那麼，除了鄧兄弟自己的事情以外……」朱鈞凌笑容微斂說：「安陽王可還有什麼事情交代？」

鄧山呆了呆才說：「他沒出聲……應該沒有。」

「安山族老、涵珊族老。」朱鈞凌轉頭說：「你們還有沒有什麼事情想與鄧兄弟談的？」

「爺爺他……安陽王他老人家……」朱涵珊神色頗有點古怪，似乎有點擔心，又彷彿鬆了一口氣，兩種本不該同時出現的情緒混雜在一起，變得十分特殊，只聽她緩緩說：「眞的願意和你去那個世界？」

「是。」鄧山抱著歉意點了點頭，雖然不願意，還是只能騙這位老人家了。

「那麼……」朱涵珊轉頭望著朱鈞凌說：「剩下的問題該由城王發問。」

什麼問題？鄧山意外間，突然想起，難道就是上次朱涵珊所說，當初朱安陽沒交代的事情？幹嘛讓城王自己來問？

「嗯。」朱鈞凌點頭說：「三位族老請暫且迴避。」

三位族老當即起身退出門外，屋中只留下鄧山與朱鈞凌。

朱鈞凌望著有點坐立不安的鄧山片刻，這才一笑說：「我還有事要請教安陽王。」

「城王請說。」鄧山說。

「安陽王眞的沒想起……」朱鈞凌神色有點似笑非笑地說：「有件很重要的事情沒交代？」

這可難回答了，鄧山求救地對金大說：「怎辦怎辦？」

「不知道……」金大說：「叫他直接問啦，不要猜謎！討厭猜謎！」

呃……鄧山也沒別的辦法，只好尷尬地說：「他希望你直接問，不想猜。」

朱鈞凌倒沒想到會聽到這句話，他忍不住呵呵一笑說：「不愧是安陽王，連家主祕殿的傳承都不放在心上。」

「唔……」金大突然說：「難道他是說……啊，我知道了。」

「什麼？」鄧山忙問。

「那個家主祕殿啊。」金大說：「只有家主才知道怎麼進去，朱安陽這一死，就失傳了。」

「嗄？這麼重要的事情？」鄧山大吃一驚說：「你知道怎麼進去嗎？」

「知道倒是知道……不過……」金大說：「就怕他不相信你。」

「怎麼說？」鄧山問。

待。

「你跟他這樣說……」

鄧山聽了半天，這才望著朱鈞凌，臉上露出有點尷尬的表情。

「安陽王怎麼說？」朱鈞凌一直都平和穩重，此時表情終於有點患得患失，似乎頗爲期待。

「他說……方法很簡單，但是怕你不相信。」鄧山說：「祕殿門戶是一個膠狀的物體，會吸收內氣。」

「對。」朱鈞凌忙說。

「兩掌放到上面，以黑焰氣的法門把全身內氣鼓入那門戶中，一絲不存的同時……」鄧山皺眉說：「就會……他說，人就會被吸進去。」

朱鈞凌果然不信，他愕然說：「全身內氣？一絲不存？那豈不等於散功？」如果有一定歲數的話，散功等於自殺。朱鈞凌望著鄧山的眼神，不由得有點變化。

「確實讓人難以置信。」鄧山說：「他說，就因爲沒人相信才能一直保守著這祕密。過去的每一任家主其實剛聽到都不信，都是前任家主示範過一次才相信；安陽前輩說，如果你不相信，他要我去示範給你看，你就會信了。」

「用大日黑焰氣示範？」朱鈞凌呆了呆說。

大日黑焰氣？鄧山一呆，金大以前都是說黑焰氣……

「這麼長名稱很囉唆呀，黑焰氣比較好唸。」金大說：「好像是太陽黑子的意思……」

反正是一樣的東西就好，鄧山便對朱鈞凌點了點頭。

朱鈞凌臉色更奇怪了，上下望著鄧山片刻才說：「你……你能施展大日黑焰氣？」

鄧山陡然想到不對，在心中驚呼說：「你叫我示範黑焰氣？我又不會，糟糕，現在怎麼圓謊。」

「我會呀！」金大還沒進入狀況，開心地說：「讓我給他一掌，他就相信了。」

「去你的……」鄧山說：「問題不是實際會不會，是該怎麼解釋我居然會這種功夫……」

「啊？唔……呃……」金大也才知道說溜了嘴，他更不知怎麼處理。

鄧山呆了呆，想不出好主意，只好說：「我……我是不會。安陽前輩搞錯了。」

朱鈞凌眉頭皺得更厲害了，他不覺得鄧山現在說的是實話，只一聲不吭地望著鄧山，目光中帶點冷厲的神色，和一開始的和藹可親大不相同。

「其實你去一趟好處應該很大。」金大說：「而且你不去，他不會信的……以前每一任都是這樣，否則他會以為你想騙他散功，想害他。」

「可是我該怎麼說？又不能說出你來。」鄧山說。

「你……你編啊……」金大鼓勵說：「你是冠軍！」

鄧山望著朱鈞凌，遲疑了片刻只好說：「我……這個……本來我不想說出來的。」鄧山越來越習慣用這句話當謊話開場白。

「怎麼？」朱鈞凌目光中厲芒未退，直盯著鄧山。

鄧山被看得渾身不對勁，只好說：「其實，安陽前輩可以附身、控制我的身體，所以……我雖然不會，但是他會。」

「眞的嗎？」朱鈞凌倒眞是吃了一驚。

「如果不是這樣，我不可能會黑焰氣，對吧？」鄧山說。

「當然。」朱鈞凌正色說：「除非內氣已有極高造就，且浸淫金靈操控數十年，否則如何使得出黑焰氣。」

這樣就好騙了。鄧山暗暗好笑，自己當眞是說謊冠軍？鄧山當即起身說：「那就沒錯啦，到底會不會黑焰氣，一試就知道了。」

朱鈞凌一怔，隨即醒悟，站起身露出恭謹神色，伸出手掌對鄧山說：「就請安陽王出手試擊一掌。」

「交給你囉。」鄧山對金大說，一面把內氣運到金靈區域。

位。

金大也不囉唆，帶著鄧山騰身前彈，一掌直接印在朱鈞凌的掌上，跟著一借勢，彈回了原

朱鈞凌感受著透入的內勁，隔了片刻，望著鄧山怔怔說：「外似黯柔、內蘊猛陽……果然是我朱家絕學，正宗的大日黑焰氣。」

說到此處，朱鈞凌再無疑念，正色躬身說：「多謝安陽王親身指點。」

讓這些長輩一直鞠躬可吃不消，鄧山忙回禮說：「他沒附身了，城王不用客氣。」

「所以……」朱鈞凌訝異地上下看看鄧山說：「你有些超出尋常人的傳聞，那都是安陽王的傑作？」

他知道了哪些事情？鄧山有點尷尬，乾笑兩聲，想混過去。

「好比你當時奔去並峰谷道的速度就很不正常，安山族老並不覺得你當時有這種能力。」朱鈞凌頓了頓說：「還有談笑間，輕鬆擊敗那位六階高手邱裕法的事情……」

他們消息可眞靈通，鄧山苦笑說：「因爲這……並不常發生，所以我不願意說出來。」

「安陽王不願常附身？」朱鈞凌問。

「好像是吧。」鄧山不想多討論此事。

「既然如此，事不宜遲，我們這就回返大日城，入家主祕殿。」朱鈞凌正色說。

「現在？」鄧山吃了一驚。

「當然，鄧兄弟，你已經在這兒住了兩天了。」朱鈞凌說：「如果要讓別人相信我們那套說法，你就不該繼續留在本城的物業之中。」

鄧山醒悟說：「啊，對，我得回那個……」

「睿風企業。」朱鈞凌接口說：「當然，我們也會要求他們保密，就算是欠他們一個人情……這趟帶你去大日城，得迅速來回，不能讓別人知道，否則就洩底了。」

「是。」鄧山突然想到余若青，忙說：「我有個朋友還沒回來……」

「我知道，余小姐，對吧？」朱鈞凌說：「我會交代的，走吧。」

鄧山找不到理由拒絕，只好就這麼上了大日城王專用的飛艇，以高速西飛抵達大日城。

□

大日城王入城，自然不用經過什麼檢查的手續，飛艇直飛城王居住、辦事的大日殿後殿。

飛行途中，朱鈞凌一連串命令已經發了下去，後殿周圍不相干人物早已驅離，執勤守衛的人物也都散在外緣。兩人下了飛艇，周圍空無一人，朱鈞凌領著鄧山，快速地往後殿偏門走去。

走入後殿中心部分，朱鈞凌帶著鄧山進入一條隱蔽的地道中。這地道不寬，卻也不覺擠迫，地面上隱隱有著不知何來的光源，行走上並沒什麼困擾。兩人直走到一個沉重的金屬門之前，朱鈞凌這才停下，回頭望了鄧山一眼。

「聽說這是新裝的？」鄧山說。

朱鈞凌點點頭微笑說：「只有我能開啓。」他將手向著門口一揚，那沉重的金屬門便緩緩拉開，朱鈞凌毫不遲疑，大步走了進去。

這話的意思是……自己要是害了他，就不用想走出來了？還好自己沒有心存不軌，鄧山聳聳肩，跟著大步走了進去，不管那金屬門正在身後緩緩闔上。

又繞過一小段地道，前面出現一個圓形空間。鄧山四面一望，只見這兒什麼都沒有，只有中央放了半截煞是岔眼的人高大枯木。

鄧山呆了呆，在心中對金大說：「祕殿呢？」

「那個呀。」金大說：「就是那看起來像木頭的東西。」

鄧山吃驚地說：「你不是說祕殿裡面是個很大的空間嗎？」一路上，金大已經交代了鄧山許多注意事項，讓他了解祕殿的一些特殊性質，還有他會獲得的好處，但是卻沒提到祕殿從外面看起來，卻是一株古怪的朽木。

「總之，裡面另有天地。」金大依慣例是懶得多解釋，他對鄧山說：「別呆了，那人在等你了，快去把該交代的交代一下。」

鄧山打起精神走過去，望望朱鈞凌說：「我沒想到……家主祕殿是長這樣子。」

「我第一次進來的時候，也不大相信。」朱鈞凌笑說。

「安陽前輩有交代……」鄧山說到這兒，突然苦笑說：「不過，他說的我不是很懂。」

「喔？」朱鈞凌說：「不妨，請說。」

「他說，裡面是另外一個空間，和外界不同。」鄧山說：「如果城王想和我一起進去，就不能拖太久才進去，否則就等我出來，自己再進去也可。」

「安陽王覺得呢？」朱鈞凌小心地問。

「他說，一般都是一起進去，可以提醒你一些注意的事情。」

鄧山皺眉看著那樹，忍不住在心中對金大說：「眞看不出來這裡面還能藏什麼，兩個人一起進去不會擠嗎？」

金大哇哇叫：「唉唷，跟你說和外界不同了，你好煩唷，進去就知道了。」

「我聽不懂嘛。」鄧山嘆了一口氣，繼續對朱鈞凌說：「他意思是裡面環境不大一樣，但是沒經歷過的人不容易懂。」

「那我就隨你之後進去。」朱鈞凌點頭說。

「然後進去之後，要放鬆身體，等待內息返體。」鄧山又說。

「會這樣？」朱鈞凌有點意外。

「對呀。」鄧山說：「好像還有機會變更多，所以……安陽前輩一直希望我進去一趟。」

「喔？」朱鈞凌又吃一驚說：「還有其他要注意的嗎？」

「好像就這樣了。」鄧山說。

朱鈞凌吸一口氣，穩下心情，點頭說：「那我們就進去吧。」

「好。」鄧山也不再囉唆，放鬆身體，讓金大去處理。

金大帶著鄧山，走到枯木之前，輕輕一揭，掀起了一大片的樹皮，往地上放下。樹皮之下，果然出現一大團看起來軟軟的黃色東西，金大不等鄧山細看，兩手一伸，貼在那片軟東西上說：「全身內氣都送出來。」

「喔？」鄧山也不多問，鼓起內氣往外直送，金大則將內氣運轉，以黑焰氣的法門往外散，鄧山只覺得那片軟軟的東西似乎緊緊吸著自己的手，而送出的內氣好像扔進黑洞一般，越流越快。

又過了幾秒，鄧山漸漸察覺，已經不是自己送出內氣了，竟彷彿是那東西正吸納著自己內氣，若不是金大早已交代過，鄧山可能會嚇得想縮回手掌，但畢竟這是一種很古怪的感覺。

鄧山雖然開拓了全身經脈，加上金大整天在全身各穴竅養氣，但畢竟修練的時間不長，內氣存量其實還挺微不足道的，只不過幾秒的時間，鄧山的內氣已經被吸收得乾乾淨淨。鄧山只覺得全身空蕩蕩的，不禁身子一軟，似要往下撲跌。

就在這一剎那，鄧山的手突然透入了那片軟軟的東西，接著一股力道往內扯，由手而頭胸，進而腹部雙腿，鄧山一轉眼間被拉入那塊彷彿軟泥一般的東西之中。

朱鈞凌身為城王，內氣造詣自然不凡，他雖然只在不遠處旁觀，對於鄧山身體狀況卻是看得一清二楚，鄧山確實是把全身內氣都以大日黑焰氣的法門送了出去，而且送到一半，內氣還似乎是被吸乾一般地流出……直到內氣完全消失，他還眞的就被吸入門戶之內……

當初朱鈞凌剛接任城王時，也曾來摸索過，發現那門戶會吸收內氣之後，就不敢多摸，沒想到還得用這種方式進去？朱鈞凌遲疑了幾秒，終於還是伸手放在那塊軟泥般的黃色物體上，催起全身內息，以大日黑焰氣的法門往其中不斷鼓催進去。

卻說鄧山在渾身無力的時候，突然被一股力道往內吸，他只覺得眼前一花，突然一亮，周圍不知哪兒冒出了一大片亮光。鄧山滾在地上，正掙扎著要爬起，突然感覺到周圍的狀況很怪異，好像……好像自己是在水裡？不，不對，這兒明明不是水中，那是什麼……好濃稠的能量感……

感覺只是一瞬間事，鄧山還沒想清楚，周圍能量彷彿洪水一樣，向他全身迫來。只聽金大嚷嚷：「你快放鬆躺平……我沒空跟你說話了。」

鄧山還沒來得及考慮自己放鬆了沒，周身百竅同時湧入強大的能量，紛亂地到處衝撞、擠入，強大而凝結的能量直逼入鄧山經脈，並往外拓展。那濃稠而迅速的能量隨著經脈自行運轉，湧入鄧山全身，順流而動，還不斷迫入。突然之間，鄧山一個個穴竅都震動起來，以前彷彿是一個個蓄水的湖泊，串連流通，此時這些蓄水堤防彷彿崩解一般，溪流變成川河，湖泊漲如汪洋，強大的內氣在鄧山體內不斷循環。

不只是如此，那些能量還在不斷地湧入，如果鄧山修練的是一般內息心法，此時正該配合著能量，端坐運轉內息，不過鄧山卻並沒有修練什麼特別內息，只是讓全身各經脈隨心所欲地到處流轉，所以躺著也沒什麼關係；而隨著體內能量不斷地充盈運轉，鄧山有種全身舒暢的強烈快感，彷彿到了一種狂喜的境界，身子輕飄飄地似要浮起，周圍人世所有事情似乎都不用去在乎了。

感。

「別昏了！」金大大叫一聲。

鄧山回過神，維持著神智，但仍感覺十分舒暢，卻不知道金大爲什麼不讓自己享受這種快感。

「體會，不可沉溺，穩下內氣。」金大只說了這短短幾個字，又沉默了。

鄧山很難得聽到金大這麼認眞，他心中起了警覺，果然不敢太過沉溺，但是什麼叫做「體會」，鄧山可就不怎麼清楚了。只好定下心神，觀察著自己體內內氣的狀態，一面任那舒暢快樂的感覺充塞著自己全身細胞。但那實在是太舒服了，彷佛一種強烈而持久不斷的性高潮，而且一波比一波還要強烈。鄧山根本定不下心，觀察沒多久，就再度心神失守，又昏昏沉沉地進入那種瘋暈極樂的境界，腦海中不斷閃出和柳語蓉纏綿的景象，還有余若青淋浴時赤裸的身軀。這些畫面像是片段一樣出現，又彷佛集合在一起，那在水中赤裸的身軀又彷佛是語蓉，和自己滾地擁吻的又似乎是若青……然後一瞬間，又彷佛自己正瘋狂地享受著魚水之歡，連對象是誰都搞不清楚。

「眞沒定力。」金大罵了一聲：「回神。」

鄧山再度被金大喚醒，他心一驚，忍不住在心中問：「怎麼……回事……」

「沒空說。」金大說：「你定不了神……別想那些女人……想那個……柳語蘭吧。」

語蘭？鄧山腦海中浮現她扠腰指著自己笑罵的形貌，猛一驚，心神突然跳出了那股狂喜，莫名冒出了一身冷汗，神智穩定了下來。這一瞬間，全身激盪奔馳的內氣彷彿也稍微穩了下來。

就在這時，傳出金大的聲音：「好，運氣外送，堅！」

鄧山聽從金大的指示，運氣外送，並以堅如壁壘的方式存想內息，抵抗著外界的壓力。

但這股強大的內氣往外鼓送的同時，又彷彿被外界的壓力穿出千瘡百孔，還是有許多能量往自己身軀逼入，不過鄧山感覺到，那些能量已經不再如一開始，有如汪洋一般地衝入，似乎逐漸可控制，也不再逼得自己內氣有如狂濤一樣奔湧。

「你如果盤坐的話，心神通常會比較穩定……不過現在不要動了，免得還有意外。」金大似乎也輕鬆了些，說話不再這麼省字。

「一開始你怎不叫我盤坐？」鄧山問。

「沒辦法，你身體從無力而充滿內氣，只是一瞬間的過程，根本沒時間調整姿勢。」金大說：「等等那個九代城王進來，他就會盤坐了，不會像你這麼狼狽。」

「你剛在忙什麼？」鄧山比較關心這個：「連說話都沒空說了。」

「一開始湧入的能量太龐大，我要專心轉換能量。」金大說：「而且你又幫不上忙，還搞亂……」

「我……那種感覺很奇怪嘛……」鄧山想到剛剛自己差點失控，紅著老臉說：「那是怎麼回事？」

「那是推倒女人到最後關頭，腦袋會分泌的一種東西，讓人很舒服那種。」金大說：「你雖然沒推過，但是不要假裝你不知道那是什麼感覺。」

「呃……」鄧山尷尬地說：「你繼續說。」

「在內氣運轉下，會不斷沖激分泌，那是一種很舒服的感覺，正常養氣者，會逐漸修練到可以很自在地體會這種感受，但因爲你以前養氣沒修練到這種境界，突然讓你大量而持續地分泌，你差點就失去神智；而且內氣這樣沖激下去，萬一損傷了經脈，可能就會變廢人了。」

「這麼危險的地方你也叫我來。」鄧山吃了一驚。

「眞是不知道惜福。」金大嘖嘖說：「多少人想進來進不來，就算有本領進來了，也享受不到多少好處，你今天拿了這麼多好處，還不大滿意喔？」

「什麼好處？」鄧山訝然說：「我不明白。」

「這兒能量會一直逼入你體內，直到你抵抗了呀。」金大說：「其實也沒什麼好抵抗的，只要承受得了，就多多益善，只不過你才剛開始養氣不久，能容納的量也有限就是了……沒關係，反正你經脈比別人多……雖然裝不多，但是容器多……」

「你在說什麼呀，越說越亂。」鄧山聽得迷迷糊糊，想到另一件事：「過這麼久了，那位鈞凌城王怎麼還沒進來。」

「我不是跟你說裡面外面不一樣。」金大說：「他慢個一秒進來，裡面就要等個一小時了。」

「嗄？」鄧山說：「你有沒有說錯？你說裡外不同是這意思？」

「對呀。」金大說：「他內氣量也不小，要吸光差不多要一分鐘吧，你時間還很充裕。」

原來是這樣……鄧山不由得心想，要是進來五天，等於在裡面有一年時間修練，豈不是可以在裡面修練到很強的地步才出關？

「不行。」金大很快地說：「這種地方雖然能量密度高，養氣比較容易，但對於內息強度到一個程度的人，好處就不多了，因爲身體不斷主動排斥抗拒這些能量，一直待在這兒反而會比外面還疲累。」

「那我的狀況是……」鄧山問。

「你因爲身體裡面能量太少，根本抵抗不了。」金大說：「所以只好讓它一直灌入了，直到你能抵抗爲止。」

「現在還不夠嗎？」鄧山已經覺得體內流轉的能量，比過去不知道龐大了多少。

「不夠不夠。」金大說：「你現在不是全力運內氣出來抵抗了嗎？還是被逼了進來。」

「原來是這樣……」鄧山說：「那現在幹嘛抵抗，怎麼不讓能量進來快一點？」

「太快怕傷經脈……而且說不定你又要昏了；另外，轉換太急的話，出狀況時我沒法分心。」金大說：「這樣比較剛好。」

「這裡面是怎麼回事？」鄧山想想又問：「怎麼這麼多能量。」

「都是神能呀。」金大說：「當初就是靠這東西，才建了王邦一開始的城市……神使們輸得莫名其妙，後來都不敢再接近，其實這已經吸滿了，根本沒法發揮以前剛啓動時那種效果。」

「哪種效果？」鄧山問。

「就是讓周圍數十公里內的神能突然都抽空啊。」金大說：「打到一半一啓動，天上就撲通、撲通摔死了一批神使，沒摔死的也被抓著打死。一開始，五個城市就是靠五個這種東西建立的，結果神使有一段時間都不敢高飛，但是不高飛又會被抓到，所以一開始王邦這邊才有優勢。」

「這種東西有五個？」鄧山意外地說：「哪兒來的。」

「花靈做的。」金大說。

「我開始覺得……這花靈管人類的事情，會不會管太多了？」鄧山想到一群人因此這樣摔死，有點不忍地問。

「花靈說了很多被神國湮滅的歷史。」金大說：「他只是覺得人類不該受到神國的欺騙和限制。」

這種事情自己也搞不清楚，鄧山搖搖頭，不想多問此事，心神回到自己身體裡的內氣，一面說：「這兒能灌入這麼多內氣，要是能讓普通人進來的話，可以幫助很多人。」

「不是每個人都能受得了的。」金大說：「功夫高點的，進來受益不多；太低的，承受不了；不高不低的……就很容易沉溺幻覺或快感之中，進而岔氣走火。」

「那……我沒死眞是僥倖？」鄧山又有點想找人算帳。

「你修練法不同，雖然造詣不高，全身經脈卻已經貫通，根本不會岔氣。」金大說：「至於沉溺……我本以爲我提醒就夠了，沒想到差點不行，一定是因爲你這陣子憋得太厲害，叫你找個對象推倒，你就一直拖拖拉拉……還好最後靠那個女人叫回你。」

語蘭……鄧山一直沒想到此事，突然被金大一提，臉有些紅地說：「金大……你那時怎會突然提到她……」

「比較奇怪的該是怎麼會有效吧?」金大哈哈哈得意地笑起來。

「是很奇怪。」鄧山心中有些惆悵,又有些迷惑,不明白爲什麼會這樣。

「好吧,告訴你解答。」金大說:「我覺得她像你的煞車一樣。」

「什麼?」鄧山說:「我不懂。」

「就是你抱那個小女人滾來滾去,或者和另一個女人眉來眼去的時候……」金大說:「腦海中突然浮現這女人,你就會煞車了。」

「哪有?」鄧山說:「我什麼時候想到過她了,自己怎麼不知道?」

「因爲很快呀。」金大說:「只在很模糊的地方晃了一下,就躲起來了,你自己可能都沒感覺到。」

鄧山遲疑說:「我沒感覺到,你反而知道……」

「對啊。」金大說:「我又不是人類,我可以分心的,當然看得清楚,她是躲在你潛意識裡的色心抑制劑。」

怎會如此……這代表什麼意思?鄧山想著想著,不由得有些茫然。

神能不穩定啦

鄧山躺著不知道多久，那龐大的能量一直壓迫著他築構的內氣防禦，不停灌入。不過，鄧山倒也不怕護體氣勁不足，反正那些能量在金大轉換下，又變成自己的內氣，又可以送出去防禦，就這麼不斷地運轉，鄧山體內內氣量越來越龐大，送出的防禦內氣也越來越強韌，最後終於勉強抵住了能量的穿入。

「可以了耶？」鄧山有點高興。

「不要急。」金大說：「你堅持不了多久內氣就會不夠了，收回一點。」

也是……鄧山冷靜下來，自己現在可是全力運出內氣，這樣可撐不了多久，只好稍降防禦氣勁，繼續讓神能湧入。

又過了好一會兒，金大終於說：「差不多了，你調整到維持平衡，先休息一下。」

「嗯。」鄧山調整著護體內氣的量，讓內氣被神能損耗的部分，恰好和湧入的神能量接近，如此一來，體內內氣就不會增加也不會減少，可以維持平衡。

「我可以起身了嗎？」鄧山一面問。

「你覺得已經不用花心力控制的話，就可以了。」金大說。

「嗯……」鄧山沒什麼把握，想想說：「那我再躺一下……我躺了多久了？」

「不知道。」金大說：「如果可以看日月星辰的話，我就知道時間，這樣不知道。」

去哪兒找日月星辰給他看？鄧山好笑地往上望，卻見上方是個白色的寬大穹頂，光源也不知道是從哪兒透入。鄧山眼珠子轉了轉，雖然沒能看到全部的地方，不過感覺上，這空間似乎是個倒過來的大碗一般，周圍的牆都是一片白皙，還隱隱透出光芒……

不管這兒是哪兒，絕對不是那枯木裡面……這空間根本比那地下空間還大。

「是在枯木裡面。」金大卻接口說：「不過是另外一個空間。」

「你說什麼我聽不懂。」鄧山皺眉說：「既然是枯木裡面，哪會有這麼大的空間？而既然說是另外一個空間，又爲什麼說是枯木裡面？」

「唔……」金大想了想才說：「因爲它雖然是另外一個空間，但確實是在枯木裡面。」

根本沒解釋嘛……

鄧山換個方式問：「你意思是……我身體變小了嗎？」

「不是，你沒變小。」金大說：「因爲枯木裡面的空間，不一定比枯木小。」

「那是怎樣啊？」鄧山差點沒嚷出來。

「哎呀！」金大說：「沒慧根，不跟你說了。」

「呃……什麼呀。」鄧山說：「你自己說不清楚就要賴。」

「不管不管。」金大說：「差不多了，起來逛逛吧。」

「喔？」鄧山可以站起，也就不逼問了，他爬起身來，四面看了看，忍不住說：「這麼亂喔？」

「是啊。」金大說：「每個城王覺得重要又不想讓人知道的就搬了進來，萬一死之前忘了拿出去，就扔在這兒了，幾百年下來越來越多。」

這塊徑約三十公尺的圓形空間，有一處牆壁上浮著一片黃色軟泥，想必就是出入的門戶；另外的空地則是亂七八糟、一片雜亂，一堆一堆放著許多不同的東西，某個角落放著一堆古怪的器械，一旁又堆著一堆破布，有的角落亂七八糟疊起一堆這世界的「書」，有的地方則是滾著有字跡的紙捲，那種記錄方式卻感覺比鄧山的年代還久遠。

總算這裡面不小，還有挺多地方可以走動。鄧山又晃了晃，忍不住說：「要等多久呀？他怎麼還不進來？出去看看好嗎？」

「不行。」金大說：「跟你說兩邊不同，那邊慢很多呀。」

「就是……時間流速不同。」鄧山說：「那也不會怎樣呀，我出去他可能還在散內氣，叫他改天再進來好了。」

「哼。」金大說：「你出去的時候，正好撞上他湧入的內氣流，你覺得自己承受得了嗎？」

「呃……」鄧山呆了呆說：「那我還真得等到他進來喔？」

「不然你以為為什麼都只限制家主使用？」金大說：「多幾個人使用的話，出入上很容易出問題，尤其兩邊……那個流速又不一樣。」

「時間流速。」鄧山說。

「對啦，就這東西。」金大說：「反正你以後也沒機會來了，就多花點心神穩定內氣，看能不能再多吸飽一點。」

「夠了啦。」鄧山好笑地說：「太貪心會遭天譴的。」

「那我們來過招吧？」金大也覺得無聊了。

「不行啦，等等城王進來怎麼辦？」鄧山說。

「他至少還要一、兩天才能進來啦。」金大說。

「什麼？」鄧山說：「那豈不是還要等很久？」

「對呀。」金大說：「如果他散氣花了一分鐘，你大概就要等六十小時……」

「這……」鄧山這才搞清楚，他嘆氣說：「真是有得等……不過，這兒搞不清楚時間，還是別過招比較好。」

「真沒意思……」金大想了想才說：「好吧，那我來教你棍法，把不熟的多學幾招。」

「這兒有棍嗎？」鄧山雖有帶來花靈棍，卻不覺得這兒會有水讓花靈棍變大。

「唔……」金大說：「不知道，好像朱家沒人用棍。」

「那應該就不會有吧。」鄧山說。

「找找看啦！」金大哇哇叫：「太沒誠意了。」

「好啦。」鄧山忍不住好笑，只好四面逛著，看看有沒有長得像棍的東西。晃了半天，果然找不到，鄧山攤手說：「甘願了吧？」

金大不甘願地抗議了半天，突然說：「有了，我想起一個東西。」

「什麼？」鄧山問。

「不知道哪一代家主把他小時候的玩具都拿進來。」金大說：「有一個可以用。」

玩具？鄧山莫名其妙地說：「哪邊？」

「用說的麻煩，我帶你過去。」金大控制著鄧山身軀往一旁走，繞過兩堆物品，走到一片特別凌亂的地方。

那兒有一堆亂七八糟的盒子高高低低地疊著，還有沾滿蜘蛛網的掃把。鄧山還沒看清楚有些什麼，金大帶著他一彎腰，拿起一條寬大還微微突起的腰帶，別到鄧山的腰間。

「這什麼？挺沉的……你別亂拿別人東西呀。」鄧山忙說。

「這是玩具啦。」金大說：「你看喔。」

鄧山低下頭，看金大在腰帶扣環上一按，一個面板突然跳了出來，下面有幾個按鈕，上面畫著簡單的刀劍符號。

「有一段時間，小朋友練功夫都用這種玩具。」金大一面解釋，一面按上圖形似棍的符號，接著似乎設定了長度與寬度，最後按了輸入鈕，啪地一下把面板關了起來。

「然後呢？」鄧山莫名其妙地問：「腰帶會變成棍嗎？」

「不是。」金大帶著鄧山右手往左腰一探，腰帶上端不知何時開了一個孔，一個銀色的圓柱體就這麼冒了出來，當右手握住，往外一拔，一條銀光閃亮的長棍就這麼從那個小孔中抽了出來，同時腰帶好像突然輕了一些。

「哇啊！」鄧山可眞是大大吃了一驚。

「厲害吧。」金大嘿嘿笑說：「雖然輕了些，練招也是可以用了，不想用的時候收回腰帶，就又消失了。」

「有這麼方便的武器啊？」鄧山萬分佩服：「怎麼說是玩具呢？」

「這是所謂的智慧微分子聚合物。」金大說：「設定程式之後，會在你取出的同時自動聚合成形，收回又會自動解散成爲腰帶的一部分；但是，它的聚合連結並不夠堅實，本身材質也不很堅硬，所以化成有刃武器的時候並不銳利，還有，打到對方武器或身體的時候，這東西會自動解散結構，你看。」

金大說完，帶著鄧山蹦起，奮力往地面一揮，這銀色圓棍前端撞到地表的時候，突然前三分之一處整片軟散開來，彷彿變成一大片水銀，待金大一提棍，那片水銀又隨之凝成棍型舉起，彷彿沒發生過事情。

「所以，如果有需要敲擊地面、借力反彈的話，不能太用力。」金大又說。

「眞好玩。」鄧山說：「這東西，這世界很流行嗎？」

「流行了一陣子。」金大說：「後來又很少人用了，好像是過招太不方便，兩方力氣稍大一點就打散了。」

「如果用像護體內氣一樣的形式，保護住武器呢？」鄧山一面問，一面送內氣到銀棍中。

「不行的。」

金大不用多解釋，鄧山就已經理解，這種類似驅趕花靈棍水氣的鼓入內氣動作，偶爾爲之可以，但是想長久灌入武器，卻沒辦法，因爲內氣送出體外，少了金靈層的保護，很快就會被周圍神能破壞掉，要長久對抗這種消耗，未免太費內氣。

「練功夫吧。」金大帶著鄧山身體，選著他比較不熟，但是實戰上又比較該先學的招式，開始動作起來。

鄧山一面體會，心思一面轉動，突然說：「運出內氣保護的方法，在我們那世界可以用。」

「唔，對耶。」金大動作沒停地說：「你們那邊是散出空間後，才會莫名其妙漸漸消失……所以可以注入武器。」

「那回去以後，花靈棍可以淘汰了。」鄧山說：「整天吸水噴霧好麻煩。」

「那可是很不容易才帶回來的，而且很堅固不會壞。」金大說：「別這麼輕易就扔掉……還是我們以後把它插到土裡澆點水，看會不會發芽變成大樹？」

「呃……會嗎？」鄧山覺得這比扔掉還誇張。

「不知道啊。」金大倒是一點也不覺得奇怪：「這很像樹枝呀。」

「唔……」鄧山還是覺得有點匪夷所思。

「隨便啦。」金大說：「輪你了，先練這三招。」

「剛和你說話，沒看清楚。」鄧山尷尬地說：「再一次。」

「專心點啦！」金大唸了一句，不再和鄧山抬槓，專注地指點鄧山的棍法。

兩人這般練練棍法，累了休息片刻，中間還經歷了一次金大失控。還好，這時候鄧山內外已經能維持穩定的平衡，只靠自己運作也還不是大問題；至於金大恢復控制之後，馬上忍不住跳來跳去帶著鄧山亂動，自然是不在話下。

不知道過了多久，漸漸鄧山越來越覺得口渴，畢竟他這次進來家主祕殿，雖然內氣又大有長進，身體的調整卻還在逐步變化，並沒達到眞能長時間不飲不食的地步，少吃幾頓飯還好，長時間沒水喝可就有點受不了了。

進來之前，金大倒沒想到過這種問題，兩人爲了該不該冒險出去討論了一段時間，正拿捏不定的時候，門口突然一股氣流往內灌入。鄧山目光轉過去，看那片黃色軟泥上，居然出現了一個深邃的大黑洞。

「那是什麼？」鄧山訝然問。

「好啦！那個城王要進來啦。」金大說：「你等等就可以出去喝水了。」

「太好了。」鄧山十分高興，但又有點疑惑地說：「我進來的時候也是這樣嗎？」

「對呀。」金大說：「你感覺滾進來只是一瞬間，穿過一層膜，但是對這個空間來說，你是從很遠的地方慢慢飄進來的。」

「嗄？」鄧山腦袋有點發漲，這是不是和愛因斯坦的相對論有點關係？嘖！大學畢業以後，知識都還給老師了。鄧山嘆口氣，不去多想，把手中的銀棍收入腰帶，一面說：「這東西我想買一個帶回去，回去問問若青。」

「反正不是什麼寶物，直接拿走沒關係吧，這東西好像只有王邦有，南谷練內氣的人少，沒生意。」金大說。

「哦，直接拿還是不大好……那拜託城王幫忙好了。」鄧山說。

鄧山和金大一面閒聊，一面等候著朱鈞凌「滾入」這空間。好不容易，朱鈞凌緩慢而被拉長的怪異身軀突然浮現，接著門戶上那洞穴陡然消失，朱鈞凌速度忽然加快，瞬間滾落在地面。

朱鈞凌可不像鄧山一樣慌亂，他睜大了眼睛，看著周圍的狀態，很快就看到了鄧山。他目光微微一亮，但卻似乎說不出話。

「穩定下來準備接受內氣。」鄧山說著金大指示的話：「可以坐起時馬上運氣行功。」

朱鈞凌只躺了幾秒，很快就爬起盤膝趺坐，本已顯得蒼白的面孔逐漸恢復血色。鄧山在一旁觀看，感受到空間中龐大的能量正不斷向著朱鈞凌湧去，而且速度十分快。

「他好像吸收得比我快？」鄧山問金大。

「對呀。」金大說：「因爲他能容納的量比你大，反運出金靈區域的也多，金靈吸納和轉換的能力也會提升，而且體內越多吸力越大，你注意看，還會越來越快。」

「喔……」鄧山說：「我不是已經提升很多了嗎？」

「是很多，遠超過那個洗澡小女生了。」金大說：「但是要和這種高手比就還不如，你練內氣時間還太短，身體能承受的量有限。」

「嗯。」鄧山說：「所以如果過了……一年半載，我又進來這兒，又會再度提升？」

「會。」金大說：「不過一次比一次少，像這個城王，似乎沒什麼提升的空間了……你可以提醒他了。」

「喔。」鄧山揚聲說：「城王，當感覺內氣漸足，可逐漸以內氣護體，維持穩定後就可以自由行走了。」

朱鈞凌聞聲，體內內氣一揚，一股勁力激發而出，迫開了擠壓周身的神能，飄身而起說：「原來這兒是這樣。」

鄧山點頭苦笑說：「對呀，我可終於等到城王進來了。」

朱鈞凌不明白鄧山此言何意，有些訝異地望向鄧山，他微微一怔說：「鄧兄弟功力果然大進，是這兒的功效嗎……那鬍子是……」

鄧山一摸自己鬍子，果然是滿臉的短小鬍碴。鄧山苦笑說：「外面一秒，裡面差不多一小時，我應該已經等了兩三天了；至於內氣，是被這兒的龐大神能逼出來的。」

「原來如此……」朱鈞凌望著四面，微微皺眉說：「可惜這兒神能的量太龐大了……鄧兄弟居然能應付得過去？」

「這……」鄧山只好說：「安陽王不斷提醒我定神，否則我差點走火。」

「鄧兄弟的內氣修練之法，與我所知的諸般法門完全不同。」朱鈞凌突然說：「是否也是安陽王的傳授？」

「是。」鄧山想了想說：「這是他新想出來的，試驗在我身上。」

朱鈞凌表情有點怪異，似乎沒想到自己會聽到「試驗」兩個字。他搖搖頭才說：「安陽王不愧是奇才，我觀察鄧兄弟體內氣脈運行之法，百轉千迴、渾然天成、無先無後、無始無終……完全不知你是如何練成這樣，更不知道該怎樣修練下去……」

遇到一個知道很多的人，麻煩就更多，鄧山只好繼續掰：「是很奇怪，好像……聽說只有我能練。」

「喔……」朱鈞凌一怔，回過神說：「我沒有打探的意思，只是一時好奇，真是抱歉。」

「不會不會。」鄧山說：「城王不用這麼客氣。」

「嗯……總而言之，想讓其他人運用這些能量，似乎很困難。」朱鈞凌望著四面。

「除了這點以外，還有個問題。」鄧山笑說：「出入上比較麻煩，城王進入的這兩三天時間，我就完全無法出去。」

「啊……」朱鈞凌一點就通，點頭說：「所以通常只讓一個人使用。」

「我解釋一下這兒。」鄧山指點著地上到處亂堆的東西說：「這些是首代城王留下的，主要好像是朱家的功夫，那幾堆不知道是哪一代的，這邊不知道是誰兒時的玩具……另外……」

鄧山把金大知道的內容隨口交代了一下，跟著就說：「城王還有沒有什麼問題？」

朱鈞凌仔細聽著鄧山說的話，一面點頭一面記憶，此時見鄧山詢問，他停下腳步說：「以後我會花點時間進來了解，幫我多謝安陽王。」

「不用客氣。」鄧山想想不對，忙改口說：「安陽前輩說不用客氣……」

「鄧兄弟想必已經累了？」朱鈞凌微笑說：「我們這就出去吧？」

「好……對了。」鄧山解開那玩具腰帶說：「因爲太無聊了，所以拿了這個玩具練功夫，我想，能不能買一個帶回我的世界玩。」

朱鈞凌看向那玩具，他自然一看就知道是什麼東西，微笑說：「當然可以啊。」

「因爲……」鄧山有點尷尬地說：「我沒這世界的錢……所以……」

朱鈞凌哈哈一笑說：「鄧小兄弟就直接拿這個回去吧，還是你想要多帶兩、三組新的也沒問題，我這就叫人去買。」

「不，不用新的。」鄧山搖手說：「我是不知道這有沒有紀念價值，不敢拿走。」

「就算當年有，現在也沒了。」朱鈞凌說：「我下次進來，該會把無用的都整理出去，反正也會丟掉，所以不用擔心。」

「喔，那謝謝城王。」鄧山不再客氣。

「我們回去吧，看你口唇乾裂，很渴了？」朱鈞凌走到門口說：「出去的方法呢？」

「出去就簡單了。」鄧山說：「接觸就被吸出去了。」

「喔？」朱鈞凌伸手一探，果然黑洞再度出現，他身形陡然變形拉長，往外緩緩飄出去。

「哎呀……失策！」鄧山大嘆一口氣，剛剛應該搶先的，現在又要等好片刻，才能輪自己出門。

好不容易，終於門戶又恢復了原狀，鄧山正要去碰門，金大突然說：「最好多等一下。」

「怎麼？」鄧山口渴得發昏，沒好氣地問。

「至少給他半秒鐘閃開門口吧？」金大說：「不然會撞在一起。」

那不是又要半小時？鄧山終於無力地攤在地上說：「你怎麼不早說？」

□

鄧山在夜色中回到南谷大鎮，這趟雖然仍是使用大日城王的專用飛艇，不過朱鈞凌卻沒隨著過來了。在大日城眾人警戒下，鄧山回到大日南谷行館，與余若青還有睿風企業派來的吳沛重等人會合，藉著神使的力量，飄飛出這棟大樓。

余若青因爲今日恰好不在，並不知道鄧山與朱鈞凌談話的內容，而朱家留下處理事情的朱勇華族老也是直接與執行長余華聯繫，所以余若青此時雖然跟在鄧山身旁，卻還不知道爲什麼突然要回去。

余華只交代她，把鄧山的行李收妥，然後隨著吳沛重等人接了鄧山，將他帶回睿風大樓。余若青一肚子問題，礙於吳沛重在旁，不便發問，心中頗是難過。

鄧山安慰地望了望余若青，心想等等到了睿風大樓，得對她慢慢解釋，讓她安心。

吳沛重這次還是帶了六名神使，七人合力控御著神能，帶著鄧山與余若青兩人飄飛。

大日南谷行館和睿風企業的總部，距離並不算太遠，飛出不久之後，遠遠就能看到睿風企業，只要進入大樓，安全度立即提高許多，就不用再這麼提心吊膽了。

約莫還有一公里左右的路程，以飛行來說，那根本用不到半分鐘時間，但是突然間眾人同時感到了微微一陣震動。鄧山與余若青兩人微微一怔，對望一眼，從對方眼中看到的都是茫然。吳沛重似乎也有點意外，他正四面張望著，突然又是一陣震動傳來，這次眾人感覺得更清晰了，似乎是托起眾人的神能結構在緩緩地顫動。

吳沛重臉色一變說：「下降，求援。」他一揮手，帶著眾人快速往下方一棟高大的大樓頂端落下。

同時，另一個中年人取出了通訊機，正與睿風企業聯繫。

「吳叔叔。」余若青不明所以，訝異地問：「發生什麼事情了。」

吳沛重只是皺眉搖搖頭，目光一面四面搜尋著；同時，那個中年人遞過通訊機，吳沛重使用轉換鈕，切到自己的通訊機上，低聲說：「報告執行長，我們降在狐山大樓待援。」

「是，執行長也感覺到了？」吳沛重頓了頓說：「我明白，那我們先在這邊……是……是。」

「你還好嗎？」余若青望了望鄧山說：「氣色好像很好。」

鄧山何止氣色很好，這晚上他的內氣修爲可是跳躍式地大幅成長。鄧山望著再度戴上假髮、換上一套緊身服的余若青，點點頭微笑說：「妳今天穿這樣很好看，還買了什麼衣服？」

「還有幾套……」余若青眨眨眼睛，帶著三分俏皮、兩分羞意，低聲說：「晚點再給你看。」

鄧山自從兩日前有了那番體悟之後，對余若青小兒女的嬌羞之態，總算稍微增加了一點抵抗力，他只點點頭說：「好。」沒另外多說什麼。余若青只聽到這麼一聲，有點安心，又有點失望，低下頭不言語了。

余若青其實也不是沒感覺到，這兩日，鄧山對自己漸漸疏遠，這也是她本來的期望，縱然有些枉然，也怪不得鄧山，所以今日她才會以取衣物爲名，離開了大日南谷別館。

對於該不該回去繼續陪在鄧山身旁，她其實頗有些困擾，所以她跑去母親袁婉芝身旁，不吭聲地纏了一下午，想藉由看著母親，堅定自己的意志。但是鄧山因爲擔心她而撥去訊息，卻使她向余華報告的時候，終於說不出想離開的話來。

鄧山其實心中也挺難過的，他何嘗不想大聲讚美余若青，縱情與她對視，那種情投意合的感覺實在很讓人沉醉……問題就是不行，不能再這樣下去，如果自己天生就這麼容易動情，那壓抑住自己也是一種責任。

如果這樣的感情不是眞的感情……回去以後，還不知道怎麼面對柳語蓉……如果告訴她自己想與她分手，她是不是又會哭泣？也說不定她會如釋重負，上次她不就拒絕了自己？如果這樣的話……

「啊……」金大頭痛地叫：「你好囉唆呀。」

鄧山老臉微紅，對金大說：「我也不想讓你聽到這些。」

「沒有人像你一樣想這麼多啦。」金大說。

「又怎樣了？」鄧山說。

「你認爲，一個喜歡你的女人，只因爲她的美貌讓你心動，所以你就想推倒她，這樣不對？」金大說：「你上次是這麼想，對吧？」

「對呀。」鄧山患得患失地說：「我又錯了嗎？」

「和我合體過的男人，沒有一個像你一樣囉唆的啦！東想西想！」金大說：「一個自己還挺喜歡的女人，剛好又喜歡自己，當然就推倒啦，不然要怎樣？」

「呃……」鄧山問：「那萬一遇到第二個喜歡的人呢？」

「你想偷吃，就繼續推呀，一路推過去，愛推幾個推幾個。」金大說：「不想偷吃，就忍住別接觸啊，就這麼簡單。」

「眞這麼簡單嗎？」鄧山一時之間不大能接受。

「就是這樣。」金大說：「反正你現在喜歡這兩個女人，選一個推下去就好了。」

「呃……」鄧山無言以對。

「別想這些了，把內氣送多點出來，體會一下外面的狀態。」金大說：「發生怪事了，你還在想該推哪個女人。」

「我哪有想到那邊去……什麼怪事？」鄧山一面和金大頂嘴，一面把內氣往金靈部分運出。

「神能不穩定啦。」金大說：「這麼大的事情，我知道，你怎麼不知道？還說你沒胡思亂想。」

「好啦。」

鄧山感受著外在的狀態，此時他功力大增，對外界感應也更靈敏了許多，果然感覺到本來在空間中不斷飄浮流轉的神能，正以比過去還快的速度移動著，似乎正向著北方匯流；除了這個以外，偶爾會出現一次比較劇烈的神能震動，此時包裹在眾人周圍的神能，就彷佛即將解體，快速地震動飄浮，似乎也要脫離眾人奔向北方，這就是適才幾次微微震盪感的由來。鄧山目光四面掃過，只見本來空中到處都有人飄飛的南谷大鎮，此時只剩一些飛艇在空中穿梭，而遠遠近近各大樓頂都有神使又驚又疑地飄落，不敢繼續飛行。

鄧山體會到此，這才知道爲什麼吳沛重要降下來了，如果這片神能當眞解體，那麼眾人豈不是要摔了下來？想到這兒，鄧山一驚，對金大說：「難道這兒出現了一個像是家主祕殿一樣的怪東西。」

「不是。」金大說：「那東西才沒這麼客氣，一啓動就吸得乾乾淨淨，這次的感覺……好像……有個具有那種能耐的東西，然後又很客氣，想吸不吸的……」

這是什麼話啊？鄧山心念逐漸往外，發現自己能感受的範圍越來越遠，終於在西方城市外圍遠處，感受到了許多股不同的能量正在追逃盤旋糾纏，似乎是神能不穩的源頭，但因爲距離太遠，一時之間很難弄得清楚。

「你心神感受的距離，已經超過金靈的能量感應了。」金大有些發悶地說。

「喔？」鄧山可有三分得意了，這代表自己會先知道，然後金大才知道，和以前大不相同。

「這才糟糕呢。」金大不服氣地說：「你這麼粗心，我不提醒你每次都忘了注意，有什麼用。」

「呵呵。」鄧山說：「好啦，還請你多多提點。」

「這還差不多。」金大口氣一轉說：「那邊先不管，你注意近一點的地方。」

「喔？」鄧山心神散出，突然感受到東、南、西三個方位，正有許多的能量團快速地向著這棟大樓衝來，如果速度不變的話，應該在一分鐘之內就會同時抵達自己的位置。

「那是什麼？」鄧山問。

「不知道，感覺不懷好意……」金大說：「把花靈棍弄起來，以防萬一。」

「在他們面前？」鄧山訝異地問。

「保命要緊。」金大說：「神能今晚狀況不對，被北方那兒的事件牽連，這些神使隨時可能保護不了你。」

鄧山這才知道事情嚴重性，他吃驚地說：「哪邊去找水，到這大樓裡嗎？」

「那個突起的柱子是水塔。」金大說：「旁邊有開口可以扭轉。」

鄧山從懷中取出棍子，望望一直注意著自己的余若青，乾笑一聲說：「好像不大對勁。」一面往外走了出去。

從鄧山開始東張西望，余若青就注意著鄧山，見他突然往保護圈外走，余若青更是嚇了一跳說：「鄧山？」

「鄧山先生？」吳沛重也吃了一驚，但更讓他吃驚的是，鄧山側身一擠，內氣一迫，就輕鬆地擠過他們構築的神能護罩。雖然說這種結構主要是對外防禦，但也不是隨便就可以擠出去的。吳沛重一時之間，說不出話來。

余若青沒想到吳沛重居然讓鄧山走了出去，她看鄧山躍向水塔那兒，心中一驚，跟著往外跑，卻被那股神能擋了回來，余若青忙叫：「吳叔叔！」

吳沛重回過神來，連忙帶著眾人飄過去，一面說：「鄧山先生，不能離開我們。」

「我需要一點水。」鄧山已經打開了水喉，讓水噴洩出來，一面緩緩把花靈棍拉長到兩公尺半的長度，這才關上水喉。

「你……」余若青沒想到鄧山居然在眾人面前弄起花靈棍，她愣愣地說：「你怎麼在這兒……」

「重新佈陣。」吳沛重也不囉唆，神能散開重聚，圍著鄧山又建構了防禦圈。不過，眾人難免多看了鄧山手中的棒子幾眼，雖說這世界科技十分發達，但是似乎還沒聽過泡水會長大的武器。

「小心。」吳沛重突然低喝一聲。眾人抬起頭來，東方遠遠一群二十餘人從一幢大樓後冒了出來，正快速向著這兒飛來。

鄧山望過去，這些人每個都跨坐在一組奇怪的東西上，龐大的能量從那東西下方、後方不斷傳出外推，帶著他們在空中飛行。

在鄧山的眼中，那東西有點像是沒有輪胎、拔掉握把、油箱砍掉一半的重型機車。身體前方那有點像半截油箱的地方，左右各有一個可抓握的扶把；下方腳踩的部分，則是一大片往前後延伸的金屬板，大腿的部分則有一圈寬束帶，將人和車體牢牢連結。跨坐在上面的人們，手中分別拿著長短棍棒等武器，他們戴著一種只露出眼睛的包頭面罩，聲勢洶洶地對著這兒衝來。

這些是……這世界的飆車族嗎？鄧山望著這些人，有點訝異地想，很少看到這兒的人像自己一樣用棍類武器，怎麼這會兒突然冒出一群，這些人是同一個門派的嗎？

「是氓狐團。」吳沛重低喝說：「提能。」

話聲一落，吳沛重在內的七個神使同時往外釋放能量。

吳沛重控制著一股龐大的神能往外一揚，一面說：「請勿接近。」

「吳部長。」蒙臉人停在二十餘公尺外的空中，也不知道誰在發話，只聽到一個扁扁的鴨子嗓聲音說：「交出鄧山，氓狐饒你們八人。」

「不可能。」吳沛重直接說。

「上。」

那人居然不再多問，一聲令下。所有人都動了起來，散開從四面八方向著鄧山等人衝來。奇怪的是，有一半的人居然都把棍子收了起來，插在飛行器的旁邊，也不知道是不是爲了想手下留情。

吳沛重雙手一揚，空中陡然異嘯大作，狂滾的勁風在空中刮來刮去，看不見的能量四面飛甩，迫得對方無人可以接近。鄧山以心神感應，感覺更是清晰，空中有兩大片神能，由吳沛重雙手御使飛舞，這兩片強大的能量像蒼蠅拍一樣四面揮舞甩動，而這些在空中穿梭來去的人，一面閃避著吳沛重的神能，一面逐漸逼近。但也偶爾有人被神能追上，被追上的人通常是兩掌推出或者一棍劈下，與神能硬撼，跟著就被打飛老遠，才好不容易穩定下來，繼續轉向迫來。

不過，鄧山已經暗暗吃驚，這些人能與這樣強大的神能硬撼，一個個都不怎麼簡單，如果單以內氣強度來論，余若青恐怕是一個也打不過，這群人是哪兒冒出來的？

此時，西方、南方又分別冒出了另外兩支隊伍，和這支隊伍的裝扮其實挺類似，但是頭罩的形式頗有些不同；除此以外，手上拿的東西也不相同。

其中一方傳來一個柔美的女性聲音，遠遠地叫：「氓狐！見者有份。」

「吳部長。」剛剛那鴨子嗓又說：「你再不投降，後悔就來不及了。」

「吳某絕不投降。」吳沛重哼聲說。

「有你的。」鴨子嗓突然喊：「退開。」

氓狐隊一行二十餘人同時往東邊撤，再度聚集在二十餘公尺外。此時南方一群人已經趕到，這群也是人數最多的，大概有四十餘人，那柔美女子聲音傳出：「由本隊出手滅了這組神使，抓到鄧山後，你們兩隊各分兩成，如何？」

「我們誰都有實力滅掉這組神使，爲何要讓妳獨占六成？」這是個渾厚的男嗓，聲音卻是來自西方，就和東、南方一樣，聲音都不知道從誰的身上傳出。鄧山暗暗猜測，八成是他們使用特別的發聲裝置，甚至他們的音色可能也不是原來的音色。

「這樣吵下去沒完。」那女子聲音說：「我讓一步，只拿五成，剩下你們兩方分……別忘了，他們現在不敢飛，我們鋼火隊攻擊是最有效率的……」

另外兩邊都還沒反應，鋼火隊那女子又說：「如果三、三、四分的話，那我們讓賢，請問誰要當出手的傻瓜？」

「好，你拿五成。」西邊渾厚男嗓說。

「我們也同意。」氓狐鴨子嗓說。

「你們封住他們退路。」南方女子說。

「準備撤退。」眼看對方談妥，吳沛重突然輕聲地說：「若青小姐、鄧山先生，請別離開我們保護區。」

此時東、西兩隊稍往北靠，分別佔據了東北和西北兩個方位；南方鋼火隊那群人則散開成大片扇形，每個人手中都舉起一個拳頭粗的金屬管狀物，對準站在水塔旁的九人。

「那是什麼武器？」鄧山忍不住問。

「鋼火筒，會噴火。」余若青忍不住抓著鄧山的手說：「你千萬不要再跑出去了。」

噴火？鄧山心中緊張，回握住余若青小手，把她扯到身後說：「妳躲我後面。」

余若青一怔，看著鄧山寬大的背影，她輕輕地把頭靠在鄧山背後，握著鄧山的手，更不肯放開了。此時對方已經佈陣完畢，那聲音一聲令下，四十幾支火筒同時噴出青藍色火柱，一條條奔騰嘶吼的火龍便從南方對準眾人上下捲來……

異世遊

讓我玩個半小時

火龍當然不是眞的龍，而是不知道以什麼東西爲燃料的強力火柱，這種熱能並非動能，性質比較接近內氣和神能，所以，雖然槍械、弓箭之類的武器不容易攻破神能或內氣的防禦，這種純粹的熱能反而比較有效。

火龍撞上了神能防禦牆，神能立即大量損耗，雖然吳沛重等人也不斷運出體內神能，並援引周圍神能，持續抵擋，但是顯而易見的，對方只要燃料充分的話，吳沛重等人體內的神能終有耗散的時候，那時恐怕每個人都會被烤成火球。

首當其衝的吳沛重自然更清楚情況的險惡，他逐步迫出神能，其他幾名神使感應下，也跟著提高神能的輸出。漸漸地，周圍建立起比之前還要強大的神能防護圈，吳沛重低喝一聲，舉手一引，九人同時飄飛而起，向著北方撤退。

此時東北、西北兩方的敵人馬上湧了上來，東北方使的本是棍棒，西北方則多用刀劍，但此時一樣是大部分人都將武器收起來，赤手空拳地駕馭著飛行器，對鄧山等人衝來。

剛剛也是這樣，爲什麼有些人不用武器？鄧山訝異地想。

「這樣才方便用內氣攻破神能。」金大解釋：「這裡武器不能長久灌入內氣，武器撞上神能，反而吃虧。」

「那爲什麼有些人還是拿著武器？」鄧山又問。

「那些是內氣造詣更高的，他們有把握在接觸的瞬間鼓入足夠的內氣保護武器。」金大說：「當攻破神能，打擊到對方的時候，一樣可以在碰觸瞬間注入內氣，如此會比單純用手掌產生的破壞力還大。」

原來是這樣，鄧山說：「那我呢？遇到神使該用還是不該用武器。」

「可以用了。」金大說：「你內氣量已經夠龐大，但是你後面那個小女人就還不大行。」

兩人說話的同時，駕馭著強大神能護罩的吳沛重，已經帶著眾人硬生生地衝破重圍，往北方飛了出去。那拿著鋼火筒的集團往前追的同時，那四十多條火龍和另外兩個集團差點撞在一起，三方亂了片刻，才駕馭著飛行器從後面緊追過來。

神使控御著神能飛行，其方便和流暢度實在遠優於使用飛行器械的那三群人，對方還沒轉向加速，九人已經遠出了百公尺外，而且越來越快。問題是此時周圍神能仍隨著北方那兒的震盪而不斷顫動，讓人飛行起來提心吊膽。

「我們去避難所和執行長會合。」吳沛重一面飛一面說：「據我知道，鄧山你會使用金靈飛行？」

對喔？鄧山這才想起，忙點頭說：「我會。」

「萬一神能失控，我們就保護不了你了。」吳沛重說：「請你幫忙提攜一下若青小姐，和她一起走，若青小姐知道方向。」

「吳叔叔。」余若青吃了一驚說：「那你們呢？」

「只要別飛太高，落地時逼出體內神能，該可勉強護體。」吳沛重說：「他們目標不是我們，若青小姐不用擔心。」

「我知道了。」鄧山此時顧不得避嫌，一手持棍，另一手輕攬住她纖細的腰身，一面有些尷尬地說：「若青？」

若換一個其他男子也就罷了，現在抱著自己的可是鄧山，壓抑著感情的兩人，這幾天身體根本不敢稍有碰觸，此時居然貼在一起。紅透了臉的余若青，感受著鄧山的體熱，身子不由自主地有些發軟，忍不住一轉身，伸出兩手輕輕圍住了鄧山的腰，軟綿綿地靠在鄧山胸懷。

鄧山感覺到懷中余若青嬌小的身軀中，那越來越快的心跳，從她柔軟的胸部，貼著自己胸懷傳入，忍不住手緊了緊，心跳也加快起來。

余若青腰間被這麼一摟，整片貼上了鄧山……面對深愛的人，縱然只是指尖相碰也能引人情動，何況這樣的身體接觸？她忍不住輕呼一聲，雙手一緊，抱著鄧山低聲說：「我……我真是被你害慘了。」

「若青……」鄧山臉龐輕靠著余若青頭頂，低聲唸著說：「對不起。」

余若青仰頭輕側，用自己粉嫩臉龐與鄧山相貼，兩人感覺到對方口唇近在咫尺，呼氣聲就在耳畔，心神迷醉之餘都不敢稍有妄動，以免更難收拾。

「落地後。」余若青靠著鄧山耳畔說：「我會盡力保護你的。」

「不……」鄧山知道敵人的強度，忙說：「到時候妳抱著我不要下來。」

余若青雖看出鄧山大有進步，卻不知鄧山實際進境，還以爲鄧山內氣不如她，紅著臉說：「你功夫雖然高，但是不適合久戰啊……想抱我，你……隨時……」

「我有進步，妳放心。」鄧山沒時間解釋細節，只好這樣說。

「金靈萬一受損就糟糕了。」吳沛重不大識趣，無視兩人那談情說愛的態勢，平靜地提點鄧山說：「所以別和他們在空中交戰，迅速滑翔落地，到森林中前進，千萬要小心鋼火筒攻擊。」

不過，他這樣反而讓兩人冷靜了些，鄧山不再貼著余若青的小臉，抬起頭吸一口氣說：「我明白了。」

「最好是神能不要散……他們就一定追不上。」吳沛重望著後面那群人，皺眉說。

金大這時也出聲了：「萬一神能散了，你就放鬆交給我吧，這次情況很複雜。」

「好。」鄧山對金大說：「要保護若青喔。」

「這是當然。」金大哼哼說：「她萬一有事，你那腦袋保證會讓我超級不舒服，我會努力避免的。」

「多謝你。」鄧山眞的很感激。

「告訴她，萬一有狀況就抱緊你。」金大說：「你應付敵人可能要用兩隻手。」

「嗯。」鄧山當即低頭對余若青低聲說：「等等萬一有狀況，妳緊抱著我喔，我說不定沒辦法抱著妳。」

「你翅膀從背後出來嗎？」余若青紅著臉低聲說。

「對呀。」爲了安全，也爲了示範，鄧山顧不得又把衣服弄破，先一步張開兩片巨翼。

「我知道了。」余若青紅著臉，咬著唇說：「我會抱緊……」

她剛說到這兒，一陣神能巨震，眾人同時一陣搖晃，包托著眾人的神能在這一瞬間解體，九人紛紛往下摔去。

鄧山吃了一驚，展翅的同時，左手緊緊抱住余若青說：「快抱緊我。」

余若青手伸到鄧山頸側摟住，兩腿纏上他腰間，頭貼著他脖子說：「我知道……」

好像太緊了……鄧山紅著臉，不敢吭聲，放鬆了身體，讓金大帶著自己往地面俯衝，只聽耳畔余若青輕聲呢喃著說：「我好痛苦、又好甜蜜，讓我們一起摔死吧，我心甘情願。」

鄧山聽在耳中，心中激動，不知道該說什麼。

雖然剛剛吳沛重有提過不要飛得太高，但是這大城市高樓處處，若是飛得太低，可也不容易逃命，所以在城市中的時候，一直都是保持在近千公尺高處，直到出城才緩緩降下。此時仍離地面有幾百公尺，鄧山往前方森林飛射的時候，發現吳沛重等人果然是直線往下急摔，他不禁回頭多看了幾眼，直到見他們落地前，仍能迸出強大的界護身，這才稍微安心。

金大控制著鄧山，急速下降，眼看即將落地，突然一折，水平貼地面滑翔急飛。

余若青感覺到周圍快速鼓盪的勁風，睜開眼一看，忍不住羨慕地說：「原來金靈也可以這樣，我以後也要練習。」

「這速度遠不如使用飛行器。」鄧山解釋說：「不過危急時護身不錯，妳練習的時候要小心摔傷喔。」

「我知道。」余若青從鄧山脖子後面往外望，驚呼一聲說：「他們快追上了。」

「嗯，沒關係。」鄧山十分相信金大的能力，微笑說：「妳放心，不用怕。」

余若青沒想到，一直以來對自己功夫都很謙虛的鄧山，在真正危急的時候，突然表現出這種毫無所懼的強大自信。她感佩之餘，更是情難自己，閉上眼睛緊抱著鄧山，一句話也說不出來。

鄧山自然不知道余若青誤會了自己的信心來源，他感應著那些能量已經越來越近，而所謂的森林還有好一段距離。就在這時，金大倏然斂翼，落地間快速點地往前奔，一面收回翅膀，一面說：「叫女人到你背後去，你多運點內氣出來……七成左右吧，這樣納氣可以平衡。」

「不飛了？」鄧山問。

「不飛了。」金大說：「鼓翅怎能比他們快？」

鄧山一面鼓送內息往外，一面說：「若青，到我背後去。」

余若青睜開眼睛，這才知道鄧山已經落地，正以她看不清的高速，平穩地在曠野中飛射。她訝然驚呼說：「你……怎能這麼快？」

「我跟妳說過我有進步。」鄧山看她又驚又喜，眞心替自己高興的模樣，不由得心生愛憐，左手忍不住輕拍了拍余若青嬌小的臀部說：「快到我背後去。」

這種地方怎能亂碰。余若青驚呼一聲，紅透了臉，又急又羞地攀著鄧山身子，轉到他身後，再度緊緊抱著鄧山。

「別再隨便伸手了。」金大警告說：「我要是剛好也想控制你的手，就眞的會亂扭動了。」

要是剛剛拍上余若青那圓鼓鼓、充滿彈性的臀部時，恰好亂動會如何？鄧山想得臉紅，頗有三分腦充血，不敢再多想下去。

「武器平常不用灌上內氣。」金大說：「但是如果和對方的武器接觸前，你發現對方灌入內氣，你要相應灌入喔。最好超過對方一點，才不會吃虧。」

「喔？」鄧山說：「如果不管對方有沒有灌入內氣，只要和對方接觸就灌入一點呢？豈不是大佔便宜？」

「是這樣沒錯，但是損耗也會比較大，大家都不灌入的話，棍已經算是重武器，接觸本來就不會吃虧。」金大說：「除非你目的不是逃跑，想見一個殺一個，那就……」

「那還是不用了。」鄧山忙說：「逃跑就好……」

「來囉。」金大說：「你其他不用管，注意對方能量變化就對了。」

「好……」鄧山在心中回答的同時，感應到對方分成兩批，一部分越過自己，似乎打算到前面攔截，另外一部分正從後方追來。一個追得最快的敵人，手中不知拿著什麼武器，只覺得一股力道帶著勁風，對著自己背後的余若青沒頭沒腦地砸去。

不管是鄧山還是余若青，兩人都感受到了這股力量。余若青是信任鄧山，鄧山卻是信任金大，但是眼見快轟上，余若青不由自主咬牙閉起眼睛，鄧山正忍不住想動的時候，金大終於控著鄧山倏然一個旋身，把本在斜上方的余若青帶到下方，恰好閃過這一擊；同時，鄧山手中花靈棍迅速一挑，有如電閃般啪地一下打到對方臉頰。

武器和對方身體一接觸，周圍神能立即隨之湧入，對方護體內氣立散。就算金大只是用普通的力量，那人仍身子一歪失去平衡，帶著飛行器往地上摔滾，砰鏗喀嚓地摔滾在一旁。

那人還沒落地之前，鄧山身棍未停，又翻回原來的模樣，一樣傾斜著身軀，快速地點地往前急衝。

這一來，後面追來的人可嚇到了，不敢貿然靠近，只追在鄧山身後約十公尺外，保持一樣的速度。過了大約十秒左右，兩個敵人突然左右加速，分從上下對著鄧山攻擊。從破風的感覺分辨，兩個武器應該都是銳器，八成是刀劍之類的東西。

追來的兩人對剛剛鄧山表現出的反擊十分警惕，所以他們的速度只比鄧山稍快一點，以免一個失手就衝過頭，恰好讓鄧山隨意攻擊。

而當兩把武器即將接近、眼看要劈上的時候，卻沒發現到鄧山突然加速點地，以更快的速度往前飛，恰好閃過這兩招。更氣人的是，鄧山衝到十公尺外，又緩下了速度，不快不慢地繼續揹著人奔跑。

如果他一直這樣，那怎麼砍也砍不到他。這兩人對望一眼，都有點不知該如何是好。

「讓我們來。」一個女子聲音傳出。

那兩人往後一望，見幾個鋼火團已經加速追來，他們也不逞強，控著飛行器往左右一拉，飄離鄧山。

「鄧山！馬上停下。」那柔美的女子聲音說：「否則讓你們兩人一起變烤肉。」

余若青忍不住在鄧山耳畔柔聲說：「山……你小心鋼火筒。」

「這女人居然偷偷摸摸地換了稱呼。」金大嚷起來：「你快糟糕了你。」

鄧山心頭一蕩間，聽到金大的抱怨，不由得又尷尬又好笑。他這時沒空理會金大，開口說：

「若青，我不會讓妳受傷的。」

「你……你別傷了自己就好。」余若青說：「不用管我。」

「明明是我不讓你們受傷！」金大哇哇叫說：「你倒是說得很輕鬆。」

「我沒辦法說出你來呀。」鄧山尷尬地對金大說：「我也不想搶你功勞。」

「好啦好啦。」金大突然怪叫一聲說：「喲，噴火了。」他帶著鄧山突然側閃折向，往另一個方向奔，三道火龍當場撲了個空；加上在這種速度下，火柱也無法及遠，想追蹤鄧山去向追擊，也力有未逮。

三個集團都試過了，誰也不能攔下鄧山，他們不再逞強，擴大成扇形，彷彿一個追著鄧山跑的大碗，包著他往北一直奔。

「看樣子前面有大包圍了。」金大得意洋洋地說：「我們打個商量如何？」

「什麼？」鄧山頗有不祥的預感。

「難得有這種場面。」金大說：「讓我玩個半小時再突圍。」

「你說什麼？」鄧山咋舌說：「這可不是鬧著玩，還揹著若青耶。」

「這些人靠人多而已，沒高手。」金大說：「像大日城王那種高手，不用等發生神能不穩這種狀況就能搶走你了，這些人等到這種情況才敢來，不用太在意。」

「所以，這些不是王邦那兒來的人？」鄧山問。

「不是。」金大說：「看樣子是這兒的小型不良集團，被請來搶你的，畢竟知道你能耐的人還不算太多，他們大概以爲這種狀況下能手到擒來。」

畢竟這一路上都是金大在幫忙，也不能自私到都不考慮他的心情，鄧山只好說：「只要你有把握，其他就隨你了。」

「太棒了。」金大歡呼一聲，陡然加速，向著北面一片樹林直奔。

「別下重手喔。」鄧山又交代了一句。

「放心啦。」金大說：「既然已經和你這怪癖很多的人合體，我不會自己找罪受啦。」

「什麼我怪癖很多……」

鄧山還來不及反駁，樹林之前已經出現了一大批人，分站三個方位，正是剛剛的三個團體。金大帶著鄧山減速，停在三十公尺外。

同時，後方追蹤的人也在一個範圍之外散開停下，卻是每個團體都分成兩隊，一部分前攔，一部分後追。此時隊伍被拆散了，似乎都不大習慣，他們將飛行器停在一旁，拿著武器，一面注意著鄧山，一面緩緩交換位置，最後還是分成三個方位，包圍住鄧山。

余若青看看四面狀況，擔心地說：「我下來幫你。」

「妳不要下來。」鄧山忙說：「讓我揹著妳。」

「這樣很丟臉……」余若青紅著臉，鬆手想落地。

鄧山連忙伸手後托，捧著余若青的臀部說：「別下去。」

這人手怎麼又來了……余若青身子一軟，摟緊鄧山脖子，暱聲說：「你手別……我不下去就是了。」

鄧山心一驚，連忙縮手說：「妳放心，讓我揹著妳。」

余若青紅透著臉，軟軟地嗯了一聲，緊貼著鄧山，不吭聲了。

「不能自己說話眞是辛苦。」金大突然說：「我好想跟他們說，準備好挨揍吧，哈哈哈。」

「少無聊了。」鄧山心說：「讓你隨便玩玩，我們就逃走吧。」

「好啦。」金大說：「那你問問他們有什麼話要說的，開始動手就沒空說了。」

這句倒有三分道理，鄧山目光向四面一掃，頗有點不知道該對誰說話，頓了頓才說：「這個……諸位有什麼指教？」

「你束手就縛，過來讓我們捆起帶走。」聽過的那個渾厚男嗓說：「保證你女友無事。」

「讓你們捆走？」那女子聲音冒出來說：「我們可是佔五成，當然由我們帶走。」

「等等。」鴨子嗓說：「剛剛你們沒擒下他，五成不算了。」

三個聲音爲了如何分成吵鬧不休的時候，金大對鄧山說：「好像沒有什麼話要說了，告訴女人抱穩，要開打了。」

「若青。」鄧山忙說：「抓穩喔，我要動手了。」

「嗯。」余若青只應了一聲，緊了緊手臂。

鄧山反正也看不到余若青的神色，交代之後，就放鬆交給金大處理了。

金大也沒法打招呼，他控制著鄧山，突然高高揚起花靈棍，跟著重重往地上一劈。當花靈棍重擊地面，轟的一聲巨響中，周圍那近百人同時望了過來，只見揹著余若青的鄧山一扭身，向著那群手拿噴火鋼筒的集團直衝了過去。

鄧山這一衝來，那兒的人就亂了，有人急忙拿起武器，有人射出火柱攻擊。只見鄧山點地急閃，閃避火柱的同時，幾個騰身已飄入人群，那條半褐半綠的花靈棒，大片大片的棍影不斷向著四面灑下，砰咚磅噹配合上一連串的哀叫聲，周圍一下子就倒了一片。鄧山身法一點不停，找著最近的人就撲了過去，這些藉著人多與器械的所謂鋼火團，根本是一群烏合之眾，只見鄧山三、五個衝錯，四十多人倒成一片。

金大哈哈笑著說：「過癮過癮，換一邊。」一面又帶著鄧山往拿刀劍的那批人衝過去。

眼看著鄧山凶神惡煞般衝來，這些人一面揮舞著手中的刀劍，一面向著周圍散開，卻見鄧山身法如電，追逐中棍影連閃，這群人又是一個個倒下。不過，這些人中，有點能耐的人多了一點，不少人擋了兩、三下才被放倒；當然，也有少數幾個接了四、五招仍未顯敗象，但金大凡是遇到這種人物，都直接轉身閃開，又去找別人下手。要知道，鄧山可以放心地在人群中穿梭攻擊，但是對方可得小心別打到自己人，所以鄧山只要往人堆裡一鑽，追擊他的人馬上就被甩開了。

過了片刻，這群約三十人的團隊，只剩下七人還站著，其他人都已摔倒在地，一面呻吟一面往外爬。不過這麼一來，場子就空了出來，七人手中刀劍揚起，圍著鄧山一陣好殺。叮噹聲中，只見鄧山長棍揮彈點戳、棍花前後飛旋，迫得周圍圈子越來越大。

突然間，他騰身一縱，長棍向著個持刀大漢直捌過去，大漢連忙舞出一片刀花護身，一面往後急退，另外六人自然是更不遲疑，紛紛以刀劍往鄧山砍去。哪知鄧山跳到一半突然棍端擊地，藉著這一下重擊，翻身往後，飄落六人身後，他長棍連點，輕而易舉地戳翻了兩人，跟著往地上一掃，迫得剛轉頭的其他人跳起，他卻變招振棍，在空中又打翻了兩人。

轉眼間，七人就倒了四人，剩下三人心膽欲裂，轉頭就跑。金大在鄧山腦海中狂笑之餘，倒也不去追殺了。

「這些人有這麼弱嗎？」鄧山訝然對金大說：「剛剛那些人我感覺沒這麼弱。」他目光看著最後一批人，也就是首先趕到的氓狐團，那群人因爲用面罩遮臉，看不出臉上表情，但是從目光和動作看得出來，他們都已經做好了準備，等候鄧山衝入。

「那批最強。」金大說：「看武器就知道了，這些人用棍是怕被看出家數，也就是說，可能是有點名堂的人。」

「難怪。」鄧山說：「不能這樣衝進去打吧？」

「也可以呀。」金大說：「但是不容易打倒人，也可能衝不大出來。」

這算什麼「也可以」？鄧山問：「現在該怎辦？」

「逃跑呀。」金大哈哈一笑，突然揚棍耍了個漂亮的雙蝶棍花，只見棍影未散，他已經帶著鄧山轉頭，向著另外一個方向逃逸。

這群人不由得一呆，若是讓鄧山衝入森林，就難以用飛行器追蹤和攻擊了；而如果因此讓鄧山逃跑，那更是全盤失敗，他們顧不得回頭騎上飛行器，呼嘯一聲，拔腿便追。

鄧山衝的方向是東北方，避開這些人本來佔據的西北側，也就是說，對方追來的方向，是從鄧山的西北方衝來。很快地，對方跑得最快的一群人，在鄧山奔入森林之前，終於堵到鄧山側前方。

「來得好。」金大嚷了一聲，突然轉身往西，朝人多的地方衝去。

眾人愕然之中，卻見鄧山一面衝過人堆，一面招架閃避著各方打來的棍棒，居然沒人擋得住他，而他轉眼間跑到隊伍末端，長棍一轉，砰通幾聲，就這麼被他敲昏了三人，這才點地飛騰，往森林中衝去。

卻是金大戰鬥經驗豐富無比，不往對方隊形中衝，反而轉頭奔逃。對方這一追，追在前面攔截的自然是高手，相對地，隊伍中段和末段跑得比較慢的，當然就容易對付了。

於是，金大就這麼先將對方高手引到眼前，才轉頭衝入對方隊伍中間，對方追也追不到，攔也攔不住，就這麼讓他一路衝到隊伍末端，找了三個倒楣的人下手，接著換個方向奔入森林。畢竟這不算是眞正對決，眼看鄧山取巧，氓狐團大多數人火上心頭，轉頭向著森林中追了過去。怎知大隊剛入森林不久，一棵巨樹上突然降下棍影，又把後面的人打翻兩名，卻見揹著余若青的鄧山雖然一聲不吭，卻很囂張地一面左右耍著棍花，一面往森林另外一端奔了出去。岷狐團的高手們發現，當然又是氣急敗壞地從後面追來。

「哈哈哈哈……來啊來啊。」發出狂笑聲的當然是金大，可惜只有鄧山能聽見。

「你簡直是逗他們玩。」背上的余若青張口結舌地說：「岷狐團可是修練內氣的盜賊中，很有名的一批……只比最強的紫天團稍差一點，你居然……」

「這……」鄧山很難解釋自己這看似瘋狂的舉止，只好說：「打倒他們，逃跑比較方便。」

余若青不知道該不該接受這理由，只好說：「避難所還要往北一點。」

「好。」鄧山只好這麼說。

「叫女人別說話。」金大說：「我又要躲起來偷襲了，嘿嘿嘿。」

鄧山囑咐之後，金大突然加速，幾個轉換方向之後，突然又閃到了某株大樹上，將內氣收斂於體內，靜靜等候。

過不多久，又是十幾個人衝過，金大這次卻不等到最後，直接向著隊伍中腰就跳了下去，落地前長棍一掃，幾個人連忙舉棍相迎。鄧山陡然發現其中有三支棍蘊含著內氣，連忙將內氣鼓入花靈棍中，這一碰撞，除了那三人之外，其他人自然是連人帶棍往外直飛，只有那三人能穩住身軀。金大砰砰與他們對打了幾下，沒討到便宜，眼看周圍又將合圍，他帶著鄧山一轉身，又向另一個地方射了出去。

「嘖，學乖了，高手分散在隊伍裡。」金大一面跑一面唸。

「那還要玩下去嗎？」鄧山說：「還是別理他們算了？」

「嗯，單打獨鬥很難同時面對太多高手，不小心讓你死了就糟糕。」金大倒是提得起放得下，很率性地說：「不玩了。」壓抑住內氣，轉頭帶著鄧山往北衝。

不過，氓狐團的人可不知道，神出鬼沒的鄧山突然間決定「不玩了」，仍然小心翼翼、步步為營地在森林中搜索，直過了十幾分鐘，發現一直沒有鄧山的蹤跡，才知道鄧山早已不知道跑哪兒去了。

異世遊

活動神能吸收器

依著余若青的指示，鄧山終於找到一棟隱藏於林中的五層建築物。那建築物是很簡單的正方形建築，暗灰色的材質看不出是什麼東西，四道牆面的轉角稜線上則插了十餘根相距米餘的針。鄧山不用接近，就感覺到那些針上面蘊含了強大的能量，而那些能量正散出弧形，在牆面外震盪穿行，感覺上不能貿然接近。

「那外面是什麼東西？」鄧山停在百餘公尺外的林間，訝然問。

「強大電壓帶出的電離子流。」余若青說：「兩條稜線是正極針，兩條是負極針，空氣因爲被解離而產生了電離子流，隨便接近的話，馬上就會焦黑了。」

「讓空氣解離……」鄧山咋舌說：「那不是和閃電差不多強度，房子和針受得了嗎？」

「房子也是特殊的材質。」余若青說。

「那我們怎麼接近。」鄧山問。

「要他們解除了電流才行……」余若青突然遲疑下來，低聲說：「氓狐團有追來嗎？」

「沒吧。」鄧山心神往外散開，沒察覺到奔來的方向那兒有什麼異狀，反而是北邊的騷動似乎越來越近了。

「那……」余若青說：「可以……下來了？」

「啊。」鄧山連忙說：「可以了。」

余若青鬆開手腳，站到地上，但她雖已落地，卻仍然輕靠著鄧山的背。她怎麼了？鄧山訝異地問：「若青？」

余若青伸手輕輕環抱著鄧山的腰，隔了片刻才說：「鄧山……我剛一開始，以為死定了。」

剛剛沒時間仔細注意，此時感受到余若青柔軟身子的壓迫，鄧山心跳如鼓，尷尬地說：「對不起，嚇到妳了。」

「不……」余若青說：「我是好後悔，沒能成為你的人。」

鄧山說不出話來，心中翻騰如潮，想轉過身來，又不知道該不該如此，只聽身後余若青低聲說：「我剛一直這樣想著，如果就這樣死了，我……我好不甘心。」

「若青……」鄧山低喚了一聲。

「我不會跟你回去那個世界，不會破壞你和語蓉……」余若青突然哭出聲來，嗚咽地說：「你……抱抱我，好嗎？」

鄧山緩緩轉過身，緊緊地抱著余若青，感受到余若青在自己懷中不斷抽搐低泣，鄧山心疼不已，忍不住輕托起余若青的小臉，吻著她臉上的淚珠，吻到她濃黑的睫毛、耳垂、臉頰、玉頸，在余若青呻吟似的一聲嬌喘中，四片嘴唇終於黏在一起。

良久良久，兩人的唇終於分開，初嘗滋味的余若青低聲說：「山，你……教教我……」

「什麼？」鄧山不懂。

「我想和你……」余若青臉紅如潮，柔軟火燙的身子在鄧山懷中輕扭，懇求地說：「可是我不懂……」

「若青。」鄧山心一驚，搖了搖她說：「妳瘋了？」

「你不要擔心，我不會跟你回去，只想……」余若青淚珠又滾了下來，哽咽說：「難道你連這都不肯……」

「不……我怎能這樣對妳……」鄧山突然下了決定，緊抱著余若青說：「妳跟我回去。」

余若青一呆，還紅著的雙眸凝視著鄧山。

「沒錯，妳跟我回去。」鄧山下了決定，不管自己對余若青和柳語蓉稱不稱得上眞愛，但余若青委曲求全至此，怎能忍心棄她不顧？鄧山當即說：「不管語蓉怎麼責備我，我不會和妳分開。」

「我……」余若青低下頭，似驚似喜，又似乎有些惶然地自語：「我跟你回去？你要我跟你回去？」

「對。」鄧山說：「我絕不忍心讓妳一個人留在這兒，我會一直一直想著妳，妳也會一直想著我，不是嗎？」

「當然。」余若青想都沒想，很快地點了點頭，跟著仰首望著鄧山，期盼地說：「這是眞的？」

「眞的。」鄧山摟緊余若青說。

「那……語蓉怎麼辦？」余若青突然慌張地說。

「我也不知道……」鄧山想起柳語蓉，心中一酸，低聲說：「我會向她道歉……她一定不會原諒我……但是我也沒辦法了。」

余若青搖了搖頭，慢慢地推開鄧山說：「不能這樣……」

「若青？」鄧山心中不捨，又不敢造次，只能看著余若青往後退開。

余若青離開了鄧山懷抱，這才緩緩地說：「我剛不該說那些話，你忘掉吧。」

「若青……」鄧山往前一步，伸手想攬。

余若青淚珠霎時奪眶而出，她掩面往外奔說：「你忘了我吧。」

鄧山正不知該不該追，突然北方不遠處猛然炸起一陣強烈的氣爆，周圍神能又是一次劇烈的鼓盪，高速往北方集中，那怪異的事情似乎越來越近了。鄧山心一驚，連忙前撲，一把抱住余若青說：「小心。」

余若青被鄧山這麼半強迫地一把抱住，想到自己剛剛說過的話，她渾身一軟，偎到了鄧山懷中。

「若青。」鄧山一面將心神散出，感受著那古怪的神能鼓盪，一面溫柔地說：「我不准妳再說傻話，跟我回去，好嗎？」

余若青愁苦地說：「不行的……語蓉她……」

「跟我回去吧。」鄧山愛憐地吻吻她額頭，柔聲說：「妳不懂的我都教妳，好不好？」

余若青臉又紅了起來，轉身抱著鄧山說：「你……你這壞蛋，一直逼我……」

鄧山終於哄得余若青破涕為笑，他心中寬慰，摟著余若青，輕啄著她微翹的嬌小紅唇。余若青剛學會接吻，正感新鮮，被這麼一引，不禁婉轉相就、丁香暗吐，兩人唇舌纏捲吸吮間，說不盡的旖旎、道不完的纏綿，誰管他北方那兒神能激盪是發生什麼怪事？

兩人好不容易分開，余若青依偎著鄧山，右手手指在鄧山胸前亂畫亂點，一面喃喃說：「我……我會親自去和語蓉道歉……我會求她原諒我……可是我……我這麼做，真是個壞女人……我最討厭這種女人了……」說到最後，余若青忍不住又哭了出來。

這可不知道該怎麼安慰……鄧山一面拍著余若青的肩，忍不住在心中找金大說：「金大！你怎麼又都不出聲了？」

「嗯？眞的不推倒嗎？」金大賊兮兮地開口：「我感覺發展下去有推倒的可能，就會很安分地躲起來，免得打擾到你，然後又害到自己。」

「我才不會在野外就……」鄧山不想再提此事，說：「周圍神能眞的很怪，那些能量感應越接近是越清楚，但還是搞不懂發生了什麼事情，你知道嗎？」

「就像有個不穩定的強力神能吸收器出現了。」金大說：「但是我不明白爲什麼會發生這種事，過去從沒發生過。」

「鄧山？」余若青發現鄧山呆掉了，反而停下了淚，訝異地說：「安陽前輩找你說話嗎？他……他討厭我嗎？」

「喔……他也很喜歡妳。」鄧山隨口敷衍一句，跟著才認眞說：「有很奇怪的事情發生，等等萬一有什麼狀況，妳留在這邊躲起來。」

「嗯……」余若青突然抬起頭說：「北邊好像……」

「妳也感覺到了？」鄧山點頭說：「那還挺遠的呢。」

「因爲太強烈了。」余若青說：「就是那兒引起神能震盪的？」

「應該是……」鄧山說：「似乎有人正一面戰鬥一面往這兒接近，逃跑的那人，目標好像是那避難所呢。」

「怎會這樣？」余若青說：「這兒很隱密的啊……」

「但是，外面那防護電漿鼓盪的能量太大了。」鄧山說：「有心的話，很容易可以感受到……來了。」

遠遠空中果然出現了人影，那似乎是一個在前方逃，後面八個黑影在後方追；更讓人意外的是，那逃的人居然是空身飄飛著，而不是靠著飛行器。

那人是神使？這種情況還能飛……這一切都是他造成的嗎？

追著那人的八人頭上都套著紫色的頭套，使用的飛行器不像之前那三團使用的飛行器那麼龐大，卻有點像一雙溜冰鞋般穿在腳上。那東西速度奇快，轉向靈活，前方那位能自由飛行的神使居然甩不脫那八人。

眼看著九人一逃八追，只不過轉瞬間，已經到了那建築物的上方。那逃跑的人一折向，居然向著那建築物衝了過去。

「他找死嗎？」余若青驚呼一聲。

只見那人要衝入那電網中的時候，突然一股強大的神能從他體內外爆，他根本不引外在飄浮的神能，就這麼靠著自己的「界」直接擠入電網，還把建築物外牆衝出一個圓形大凹坑。

追著的八人可不敢跟著衝進去，紛紛在外面停下，一面稍微散開，似乎要防堵那人脫逃。

那人似乎對於沒能衝入建築物，也有點意外，不過他已經得到電網的保護，當即哈哈一笑說：「總算可以休息一下。」

他站在那牆壁凹坑中，將護體神能收回身軀，同時，周圍飄浮的神能一震，有如擠入湍急漩渦般地迅速向那人身上集中，過了好片刻，周圍才恢復平靜。

鄧山仔細打量那人，那是個二十出頭的年輕人，白淨的臉龐上有雙明亮的大眼，高挺的鼻樑、鮮明的五官。若以鄧山的觀念來說，這年輕人似乎帶著點北歐血統，不過在這個世界，卻不知道該怎麼形容了。

這年輕人雖然還帶著一點點稚氣，長相卻算得上頗爲俊美。他身上穿件泛著淡淡白光的奇異袍服，有點自然鬈的褐髮上頂著個圓圓小帽，手拿著一支短杖，站在那被他打凹的大坑中，對著外面的人一指說：「你們是誰？爲什麼一直追我！」外面那八人誰也沒說話，只稍稍聚在一起，不知道是不是正討論著接下來的行動。

「眞是怪物。」金大說：「我第一次看到對神能有這麼強大吸引力的人物……這傢伙只適合偷襲，不適合正面應付。」

「別看到人就想著怎麼揍他。」鄧山好笑地說：「又未必是敵人。」

「那八個人好像是紫天團的……」懷中的余若青聲音中有點恐懼：「他們都是內氣高

手，居然一次出動八個還沒法解決一個人……那人的裝扮也很奇怪，那種造型我好像有聽說過……」

「那是神官的衣服。」金大認得，在鄧山心中說：「就是在神國有職位的高級神使，當然該揍！」

原來是神國的神使，難怪金大討厭，鄧山當即對余若青說：「是神官。」

「對！」余若青想起來，但是又訝異地看著鄧山說：「你怎麼知道的？」

「那個……安陽前輩說的。」鄧山發現失言，只好推到死人頭上。

不過這藉口很好用，余若青沒再多問，點點頭，有幾分焦急地說：「這人一直躲在這兒的話，恐怕會越引越多人來，這避難所就稱不上避難所了。」

「而且我們也沒法進去。」鄧山說。

「對……」余若青沉吟說：「除了氓狐團有可能找來之外，不知道他們後面的人物會不會再派人來……」

看樣子不能一直等在這兒，鄧山詢問說：「金大，你覺得呢？」

「這些人和你一樣，都超越了內氣如凝、不漏於外的水準。」金大說：「到這程度以上，拚的就是招式了，因為神能干擾的關係，大家的速度都到了極限，只要不和對方接觸武器，內氣強度影響就很小了。招式我是有自信不會輸人，不過八個人……沒關係啦……只要小心別被合圍就好，打看看就知道了！上吧，打跑這八個人以後再偷襲那小子！」

「等……等等。」鄧山忙說：「我先問問，別急著打，又不是找我們的，也不能亂打他。」

「噢！」金大有三分不甘願地說：「好，讓你先問，但是記得身體放鬆、運出內氣，我方便隨時接手。」

鄧山當即對余若青低聲說：「我去問問怎麼回事，妳在這兒找地方躲好。」

雖然經過剛剛一戰，余若青對鄧山多了不少信心，但眼前敵人又是不同，她不大安心地扭過身，緊摟著鄧山說：「可是你要很小心，紫天團都很厲害，我們組織也不大敢招惹他們。」

「好。」鄧山輕撫著她背脊，溫聲說：「我去了？等我回來再抱著妳，好不好？」

余若青紅著臉輕輕點了點頭，又緊緊抱了抱鄧山，這才鬆開手。

「若青。」鄧山低聲喊。

「嗯？」余若青抬起頭。

「再讓我吻一下。」鄧山也不等她答應，輕捧著余若青的臉頰，又是一個深吻。

余若青先是微微一驚，但隨即主動將雙手攀上鄧山的脖子，全心全意享受著鄧山帶給她的愉悅。

「我去了。」鄧山握著她的小手後退，一面緩緩放開，一面不捨地說：「妳小心點。」

「你也是。」余若青跟著說，忍不住往前又跟了兩步。

「快躲好。」鄧山終於鬆開她手，轉過頭，向著那兒彈身前進。

鄧山心中充滿快樂與喜慰，竟似乎比和柳語蓉在一起時還開心。這並不是說鄧山比較喜歡余若青，而是和柳語蓉的關係之中，不知爲什麼，總附帶著許多要求、解釋與擔心，不像余若青，她似乎只要鄧山疼愛自己，其他什麼都不在乎了，這讓鄧山有種被釋放的感覺，十分輕鬆。

對於柳語蓉，鄧山並非不眷戀疼惜，但卻常有種不知道該做什麼的窘態，她現在想要什麼？不想要什麼？隨著關係發展，兩人該親密到什麼程度？鄧山總是一點概念都沒有，又怕自己太過被動，又怕對她不夠尊重，而在這方面柳語蓉又是心意多變，讓人難以掌握。

但是，余若青卻讓鄧山完全沒有這樣的感受，她一點也不懂吊人胃口的技巧，既已情投意合，就把自己全然奉獻出來，兩人之間不存在任何隔閡，不管想做什麼，只剩下時間和場合需要考慮，其他都不用再多做試探了。也許某些男人喜歡征服充滿挑戰、高潮起伏的戀情，但鄧山並不是那種個性，他更寧願自己的戀愛過程平平穩穩，沒有什麼試探與心機，所以對於余若青這種率直的示愛方式，鄧山更欠缺抵抗的能力。

鄧山與余若青從一開始的互相對立，接著因鄧山發現余若青的窺視而轉變了相處的氣氛，接著漸漸演變成彼此吸引下的苦苦壓抑。直到今日，在生死患難下，兩人的感情終於忍無可忍地爆發，進而互許，鄧山此時彷彿拿掉胸口一塊大石，心神爽朗地往外走，外面縱然有九名高手，那又如何？鄧山這麼從森林中施施然飄出，很快就吸引了那九人的目光。

那個年輕神官目光一亮，對鄧山招手說：「這位大哥，你好啊。」

這年輕人看來不像壞人，鄧山點頭說：「你好。」

「大哥，這邊有蒙著臉的壞人，要小心。」年輕神官目光轉回眼前八人，又皺眉說：「你們怎麼還不走？走啦走啦！」

這人說話口吻怎麼有點像金大？鄧山不由得覺得好笑。

「誰像他了！」金大強烈抗議：「我才不會像神官！我討厭神官！」金大第一個共生者就是和神國的神使爲敵，最後則死在神官手中，所以看到神官他就生氣。

「不是說像啦，只是這人好像很天眞。」鄧山說。

「你這是說我天眞嗎？」金大還是抗議：「欸欸，我可活了六百多年！」

鄧山忍俊不住，偷笑說：「好啦……」

「沒事的人別接近這兒。」那群帶著紫色頭罩的人們，其中一個傳出聲音。

「既然來了當然是有事。」鄧山說：「這兒是我朋友的地方，你們擠來這兒做什麼？」

「你朋友的地方？」紫頭罩彷彿下令一般地說：「告訴他把這電能層關上。」

「什麼？當然不能關，關了你們又要偷打我！」年輕神官跳起來嚷了幾句，這才對鄧山鞠躬說：「這兒被我撞壞了，眞是對不起，我會想辦法賠的。」

欠睿風企業錢可不是好事情，鄧山搖搖頭說：「那個晚點再說……你們的問題能不能解決？」

「對。」年輕神官揮手說：「你們追我幹嘛，現在主人來了，還不快說？」

「裡面的主人可聽見了。」紫面罩不理會鄧山和年輕人，揚聲說：「閣下如不主動關閉，莫怪我們出手攻擊。」

「你們好大膽子。」年輕人喊：「簡直是強盜、土匪。」

「我們不是強盜，是殺手。」紫面罩平靜地說：「不過不會殺你，只要你跟我們走。」

「我不要。」年輕人轉頭對鄧山，苦著臉說：「你能幫我嗎？我跑錯地方了，我要去王邦，卻跑來這兒……」

「你要去王邦？」鄧山吃了一驚說：「你找死嗎？」

「怎麼每個人反應都一樣。」年輕人拍著頭苦笑說：「這位大哥，我只是想去那邊，不是找死。」

這人腦袋八成有毛病，鄧山有點後悔出來管了這檔事，皺眉說：「你怎麼不自己趕走他們？」

「我不能出手啊。」年輕人滿面愁容地說：「我只要一出手……就有人會危險……被他們一路追，我迫不得已擋了好幾次，不知道有沒有人摔傷了。」

他倒也知道自己是活動神能吸收器？鄧山才想到這兒，金大已經嚷了說：「他腦袋有毛病，根本不用放出這麼多神能抵擋，只要運使一部分神能，牽引周圍神能使用，這樣就不會造成這麼大量的損耗和進出，大幅影響周圍的狀態……難道他只會用『界』嗎？」

「谷安。」此時紫面罩對著年輕人說：「你別再胡鬧了，我們只是受託帶你回去，你不肯的話，我們就打昏你帶回去。」

「什麼？」被喚作谷安的年輕人訝異地說：「誰請你們帶我回去？我不回去。」

「這不重要。」紫面罩只說：「如果你不想看我們破壞這房子，就自己出來。」

「有強盜！救命啊！有人能幫我嗎？」谷安東張西望，最後還是看著鄧山，一臉企求。

「難道你只會用『界』嗎？」鄧山皺眉問。

「咦？大哥你怎麼知道？」谷安一臉意外，呵呵笑著抓頭說：「對呀，所以我不大敢用。」

「眞是的……」鄧山還不知該怎麼辦，卻見那八個紫面罩突然四面一分，六個人散開隱隱包圍住谷安，另外兩人卻飄過森林，轟地一下各拔了一截三、四公尺長的粗大樹枝飛來。

「這是最後的警告。」紫面罩說：「這房子建築不易，別逼我們毀掉這些電針。」

鄧山可是大皺眉頭，如果他們拿那樹幹扔下，電針確實是不易保存，但是這些人飛在空中，自己該怎麼阻止他們？

「別這樣。」谷安吃了一驚說：「別動人家屋子，我出去就是了。」

這人似乎眞的是好人，只是呆到一種程度……鄧山正想間，突然發現屋子外面整片聚起了強大的神能能量，不只保護了谷安，還包住了那些電針，而那股能量剛一聚集，立即往外一迸，迫得那八名紫面罩同時往外飛撤，似乎不敢正面碰撞。

「耶？」谷安大喜說：「好棒，這裡面有神使？唔，很多人耶。」

這是怎麼回事？鄧山一驚之下，心念一轉，大概知道了原因。之前整個南谷大鎭周圍空間飄浮的神能大幅鼓盪，對余華這些神使來說，等於突然沒了自保能力，他自然是把親信高手都調到自己身邊，然後轉移到這個避難所查看狀況。

他之前不敢鼓出強大神能保護建築物，就是因爲神能此時狀況不穩，不可倚靠，若還不斷外散凝聚能量，等於告訴別人自己的藏身處，所以剛剛谷安撞到樓外，余華仍不敢貿然出手。

但是剛剛眾人在外面的對話，他聽得清楚，若保護了谷安，他就不會貿然使用他的「界」，而只要他不出手，周圍神能就不會不穩，那還有什麼好擔心的？難道讓人毀了自己的避難所？

鄧山想通此點，忙對谷安說：「他們會保護你，你記得別再運用『界』了。」

「是！」谷安高興地說：「謝謝你們幫我，我是能不用就不用的。」

紫面罩沉聲說：「裡面是哪一路的朋友？不賣個面子給我們紫天團？」

余華那邊似乎也不想直接開罪紫天團，沒人出聲。

「抓住那人。」一個紫面罩突然望著鄧山說，馬上有兩人控著那飛天怪鞋對著鄧山衝來。

「開打啦！」金大彷彿久等了，他帶著鄧山往後急縱，旋身點地快速奔跑，一面說：「躲進去森林打。」

那追來的兩人，一個手拿匕首，另一個人卻只看到他往懷中掏，卻不知道掏出了什麼握在手中，似乎並不是大型武器。兩人使用飛行器，當然比鄧山快上不少，距離很快拉近，鄧山還沒奔入森林，兩人已經追到約十公尺外。那看不出拿什麼武器的人，手突然迅速一揮，一道寒光脫手而出，向著鄧山背心射來。

「唉唷？飛刀？」金大嚷了一聲，奔勢不停，閃身揮棍，鏗地一聲擊飛了飛刀。

這世界連飛刀都有人用？鄧山大吃一驚。

「等等他要是還再來，我可能回手抓。」金大說：「你在我接觸到飛刀那一剎那，記得內氣迫出掌指，凝住刀身。」

「不是會被神能破壞嗎？」鄧山急問。

「所以要掌握好時間，就在那一瞬間。」金大說：「要九成力。」

「太危險了吧？還有，接把飛刀居然要九成力？」

「你可以啦。」金大說：「來了！」

果然又是一把飛刀射來，金大這次不揮棍，扭身間帶著鄧山的左手往後一折，彷彿鶴嘴一般，向著飛刀側面叼去。

兩方即將接觸的瞬間，鄧山內氣猛迫，灌出九成力道，從掌指之間逼出，果然這鼓能量馬上引來神能纏迫，但因爲鄧山足足用了九成力，剩下的力量仍將飛刀衝勢穩了下來，落到鄧山掌中。但金大仍帶著鄧山繼續飛旋，藏刀入手，彷彿只是閃過了這一刀，一面衝入森林。

「這麼辛苦搶一支飛刀做啥？」鄧山問到一半，金大帶著鄧山突然翻身，卻是那個持匕首的蒙面人已經貼身撲到。

金大帶著鄧山回身揮棍，右手帶棍一揮，一片棍影迫開了那人。那人這時直接點地縱躍，身法不停，繞著鄧山飛繞，一面尋找縫隙攻擊。此時鄧山左掌中握著一把飛刀，右手單手持棍，揮舞起來頗不方便，更別提這持匕首的已經貼到身旁，棍法更是難以發揮，而另一個使用飛刀的則在一旁虎視眈眈，不知道什麼時候又來暗算一下。鄧山眼看情勢突然變得這麼危險，不由得有點擔心。

「還好、還好，還不用太擔心。」金大突然彈身向著也已落地的飛刀手撲去，雖是單手揮棍，但這樣大動作遠距離攻擊，威勢倒也不容小覷；只不過單手變化少，飛刀手很輕鬆地轉向避開，又拉開了距離。

此時使用匕首的人也從後方追來，當鄧山追擊敵人時，正是暗算的最好時機，他騰身直撲，匕首直插鄧山後腰。只見鄧山身子一扭，長棍旋了回來，不過這人既已貼身，正是匕首發揮威力的時機，他只一錯身，換個角度閃避長棍，匕首卻沒停下。

但他卻沒注意到，鄧山此時正從左手掌心彈出一把飛刀，兩人距離如此之近，只見流光一閃，飛刀已經摜入那人腰間。那人驚呼一聲，翻身摔滾在地。

「輪這個了。」金大猛一彈身，陡然加速，雙手持棍散出大片棍影，上下左右籠罩住飛刀手。

這飛刀手一向和另一人配合，一人近打一人遠攻，沒想到才三、兩下接觸，自己的戰友卻莫名其妙地倒下。他剛吃一驚，還來不及轉念頭，鄧山卻已撲了過來。他連忙雙手急揮，兩把飛刀迅速穿出，跟著手一抖，又是兩把飛刀從袖中甩入手掌，這兩把飛刀接連脫手，追上前面兩把，四把分取不同方位，交錯著向鄧山胸懷衝來。

眼看著那人四把之後又從袖中抖出兩把握在手中，不知道會不會繼續飛來。金大帶著鄧山身子飄起，人隨棍飛，棍在前方抖出一片護體棍花，一面護身一面接近，眼看正要打上那飛刀，那四把飛刀卻恰好互撞，同時變換了方位，成弧形飛射，不但仍向著鄧山飛來，還閃過了花靈棍。

「厲害！」金大帶著鄧山突然一個急縮翻滾，就這麼硬生生地變換了衝勢落地，險險避過那四把飛刀，跟著點地騰身，長棍猛一推，足有兩公尺半的棍梢已經點向對方的喉頭。

那人畢竟穿著飛行鞋，如果拉開距離逃跑的話，鄧山不可能追上他，問題是兩人剛剛面面相對，金大只一縱身就從十公尺遠突然拉到四公尺，長棍這麼一推更是近在咫尺，這人若轉身，恐怕就會被打上了，只好一面點地急退，一面尋找發出飛刀的機會。退行當然沒有直奔快，長棍很快逼近對方，對方雙手飛刀突然露出刃端，在身前交錯，點地一衝，居然正面擦著花靈棍直逼鄧山，卻是把飛刀當成雙匕首用。

「眞的都是高手。」金大興奮地說，長棍一壓，卻反而被對方短小的飛刀挑飛，兩人一瞬間已經接近。

卻是剛剛那一瞬間，對方的飛刀突然爆出內氣，鄧山雖然察覺到馬上相應，但是這時長棍的缺點就暴露了出來，當感應到對方內氣之後才把內氣送出，怎樣也不如短小的飛刀迅速，一接觸下立即吃虧。

「看快接觸就得先運內氣出去。」金大急忙提醒，一面隨棍飄身，一面變招護體，因爲剛剛那一招失利，已被對手迫近。金大長棍提到中腰，小心抵擋著對方攻勢，頗有點落於下風。

「這傢伙不簡單，還好剛剛先暗算掉一個。」金大說：「你隨時準備運出內氣……要八成。」

鄧山只覺眼前寒光閃動，對手動作快得異常，要是此時出手的是自己，可能根本沒法抵擋了，沒想到金大居然還有時間對自己說話……問題是……什麼時候要運出內氣？

突然金大在一個托擋之間，把花靈棍往空中一扔，兩手一空，迅疾地盤旋點打，以又快又急的手法把對方兩手都架在外門，同時雙掌一錯，向著對方胸腹之間推去。

這招鄧山認識，正是那二十七招中的一招，鄧山記得金大的交代，空手攻敵得運上內氣，他就在金大打到對方的時候，八成內勁逼到掌心。只聽砰地一下，對方鬆開兩柄飛刀，往後飛摔間噴出一口鮮血，還沒落地就昏了過去。

此時花靈棍剛好從空中落下，金大控制的左手一晃，剛好抓在手中，金大這才說：「好傢伙。」

「會不會太重手？」鄧山看著赤紅鮮血灑落一地，頗有點心中發寒。

「不然打不昏他。」金大說：「這傢伙沒想到我們對空手的功夫也熟，吃驚之下才挨了這一掌，好好打的話，不知道還得打多久。」

「這些人都這麼厲害？」鄧山終於有點擔心地說：「你不是很棒嗎？和你差不多的人這麼多啊？」

「因爲我要拖著你動啊！」金大說：「就慢這一點點，就變成二流高手了，嗯……該比二流還要強一點點，算一點五流高手好了。」

「一……一點五流……」反正是自己的錯，鄧山除了偷翻白眼之外，不好意思繼續說，只好說：「辛苦你了。」

「如果剛剛是由你出手的話，有兩個可能。」金大突然說。

「怎麼？」鄧山說：「我根本看不清楚對方功夫，一定很慘。」

「這是一個可能。」金大說：「但這是因爲緊張，其實你會比我更快上一些，加上你該會的招式也差不多都會了，不該會這麼慘。只要你不緊張，專心應付，而由我來控制黑焰氣，這樣會贏得比我還快，這可能性比較大。」

「唔……我不覺得可能性大。」鄧山一點都不覺得第二個可能會發生。

「就這樣吧。」金大說：「萬一太危險了，還是你自己打，免得死了就糟糕。」

「什麼？」鄧山又吃一驚。

「別擔心。」金大嘿嘿笑說：「現在還不大危險，我還要玩。」

這傢伙……鄧山鬆了一口氣，也不知道該怎麼說他，只好說：「再去那邊看看嗎？」

「等等。」金大卻帶著鄧山奔到那個昏迷的飛刀手旁，脫下他鞋子說：「這個好像很好玩，我沒玩過。」

「看起來很難耶。」鄧山說：「半空中摔下可難看了。」

「我可不是人類。」金大一面把鞋子換到鄧山腳上，一面說：「你們身體控制機制太複雜了，才會什麼動作都要練這麼半天……我看看，拇指和食指之間是控制桿，指頭可以控制輸出……」

金大一動，鄧山便緩緩浮了起來，跟著開始在森林中飄旋；而且金大果然學習的速度很快，鄧山根本還不明白他怎麼控制的，金大已經帶著鄧山在空中到處亂轉，一面往外衝去。

「這下可以在空中和他們打了，哈哈哈。」金大控制著飛行鞋，穿出森林，飄到那建築物外盤旋，果然谷安還躲在那建築物的凹洞中，而紫天團的六人似乎正好整以暇地等著自己被抓來。

當他們看到鄧山有如表演特技般地在空中亂飛，那六人愕然之餘，谷安首先拍手大聲喝采說：「大哥太棒了，你果然沒事，果然厲害！超級帥的！」

「這小子人眞的還不錯。」個性單純的金大立刻被這一串馬屁拍上，對他大生好感，忘了自己討厭神官。

那六個紫天團的人似乎都吃了一驚，一個人沉聲說：「他們兩人呢？」

「小子，你怎會用紫天靴？你和我們組織有什麼關係？」這是另外一個人問。

「因爲我是天才，哈哈哈。」金大馬上得意地大笑。

原來這是他們組織專用的鞋子？鄧山煩惱的倒不是此時，等等余華、余若青要是問自己怎會使用，該如何回答？總不能又推到朱安陽頭上，他老人家就算還在，應該也不會使用這種鞋。

「反正說謊由你負責。」金大不負責任地說：「問他們要不要走了，不然繼續派兩個來打。」

「六個一起來怎麼辦？」鄧山叨唸。

「那就逃啊，反正我不會比他們慢。」金大得意地說：「說不定他們還沒我靈活喔。」

這倒是有點可能，鄧山當然不會照本宣科，換個口氣說：「諸位且去森林帶走你們受傷的朋友，今天就先到此爲止，如何？」

六人對望一眼，似乎都有點難以抉擇。過了片刻，終於有個人說：「好，今天暫且離開，但我們不會放過他的。」

「你們放過我吧，拜託、拜託。」谷安一點志氣都沒有，打躬作揖地說：「我又沒得罪你們。」

那六人似乎也不知道怎麼應付谷安這種人，不再多說，轉頭向著森林飛去，尋找自己朋友去了。

異世遊

神國還是笨蛋居多

紫天團的人離開沒多久，鄧山感應到森林中有動靜，回過頭看見余若青正小心翼翼地往這兒走，一面正仰頭訝異地看著自己。鄧山忙對金大說：「別玩了，下去接若青。」

「你去抱著她，我們可以繼續亂飛。」金大還沒過癮，一面往下一面說。

「先別玩了啦。」鄧山說：「會合了，該進去裡面躲起來。」

金大失望地喔了一聲，落到余若青身旁。

「鄧山。」余若青關心地上下打量說：「你沒事吧？」

「沒事。」鄧山輕攬著余若青纖腰，托著她提勁往內飄說：「我們走吧。」

「嗯。」余若青靠著鄧山，心中滿是欣喜。

兩人很快奔到建築物外，卻見谷安還在那凹洞發愣。他看到兩人攜手奔來，高興地說：「大哥、大哥，你回來了……啊，這位是大嫂嗎？好漂亮可愛的大嫂。」

余若青突然被人這麼無來由地稱讚，臉一紅，低聲對鄧山說：「這人好怪。」不過被認作鄧山妻子，她可是挺樂意的。

「是啊。」鄧山也覺得挺好笑的，對谷安說：「你沒事吧？」

「沒事沒事。」谷安苦著臉說：「大哥，你能不能跟裡面的人商量商量，把電能先關一下？否則我擠出去又要用界了……」

谷安還沒說完，那些強大電流已經倏然消失，谷安大喜過望，跳下地面，對著鄧山鞠躬說：「多謝大哥幫忙。」又對建築物鞠躬說：「也多謝裡面的主人。」谷安站直身子，回過頭，看到貼在鄧山身旁的余若青，又是一個鞠躬說：「也多謝大嫂。」

余若青噗嗤一聲笑了出來：「你謝我幹嘛？」

「不……不知道。」谷安尷尬地笑了笑說：「一起謝一下。」

「進去吧。」余若青拉著鄧山說：「門開了。」

「那這位谷兄弟……」鄧山不知道他打算如何，詢問地看著谷安。

「可以讓我進去躲一下嗎？」谷安睜大眼說：「我順便想問清楚怎麼去王邦。」

「先一起進去再說吧。」余若青扯著鄧山舉步，一面皺眉對谷安說：「你還眞想去王邦啊。」

「是啊，大嫂。」谷安連忙跟上，一面說：「上次有個人指點我方向，結果居然指到這兒來了，他一定也是太好心了，怕我去送死，結果卻叫我來到這兒……大嫂，你們千萬別再騙我了……」

「你……你別叫我大嫂了。」此時已經走到了門口，余若青再怎麼願意，也不好意思在組織內承認這稱呼，她輕跺腳說：「我姓余。」一面領先往內走。

「喔，那……余大姊。」谷安想起還沒請教鄧山的名字，連忙說：「對了，大哥貴姓。」

「我叫鄧山。」鄧山和善地點點頭說，帶著谷安一起走入建築物。

「原來是鄧大哥，我叫谷安。」谷安一面走，一面很興奮說：「你眞的好厲害，居然打跑了他們兩個人，他們一路打我，我都不知道怎麼辦，只好一直用界擋。那鞋子是怎麼飛的，我學的會嗎，需要內氣嗎？」

「你是神使還學這些東西……」余若青好笑地說，不過她一轉念，也望著鄧山說：「對啊，鄧山，你怎會用紫天靴？」

鄧山正不知該怎麼回答，還好此時入口走道的另一側，出現在那兒的余華，正含笑眾人說：「先進來休息吧。鄧山，今晚辛苦你了，總算大家都無恙。」

「多謝執行長關心。」鄧山雖然看到他就討厭，不過看在他女兒的份上，對他總算多了幾分敬意，微微行了一禮。

「想必是這兒的主人。」谷安連忙鞠躬說：「晚輩谷安，感激您剛剛的援手，多謝多謝。」

「不敢當。」余華看著谷安的神色，比當初看著鄧山還要感興趣，他微笑說：「谷小兄弟，在神國是擔當什麼職務？」

「我？」谷安臉色微變，吞吞吐吐地說：「我什麼都不是，我不重要。」

「這人說謊能力大不如你。」金大馬上說：「神國還是笨蛋居多。」

鄧山並不覺得這算誇獎，沒好氣地說：「那完全不會說謊的豈不是更笨？」

「呃……」金大掙扎半天才說：「我又不是人類，不算！」

鄧山不理會金大，見谷安有點尷尬，開口打岔說：「谷安一路上和那些人衝突，也辛苦了，先讓他休息一下？」

「嗯，你們都上來這兒。」余華招手說：「再不走，紫天團的人恐怕馬上就來了。」他就這麼往上方飄起，突然不見了。

鄧山抬起頭，才發現那是一個直通五樓的天井。谷安自然不用說，直接運出神能托著自己往上，鄧山和余若青則是攜手點壁往上飛射。到了五樓，眼前出現一個鄧山見過的長型飛艇，余華正在尾端入口處招手說：「快上來吧。」

走進去，鄧山才發現到，這和上次那艘不大相同，這艘飛艇尾端處隔了小空間，看來是余華專用的，不過裡面沙發座椅倒是夠用。在余華指引下，眾人紛紛坐下，隨即感覺到飛艇起飛。

「一會兒回到睿風大樓，就可以好好休息了。」余華對眾人說。

「要回去了嗎？」余若青其實還沒很清楚發生的事情，訝然問：「安全了？」

「只要保護好谷小兄弟，讓他不需要使用神能，大家就都很安全。」余華攤手一笑說。

谷安一聽忙說：「對不起、對不起，造成大家困擾。」

「聽說你想去王邦？」余華說：「你不知道他們和神國是敵對的嗎？」

「我知道。」谷安低頭說：「可是那邊沒有神使。」

「你想去沒神使的地方？」余華皺眉問。

谷安點點頭，突然露出愁容說：「如果可以的話，我希望能去另外一個沒神能的世界。」

這話一說，鄧山、余若青、余華自然是都吃了一驚，他說的莫非是鄧山的世界？他怎麼可能知道？

余華首先鎮定下來說：「你說，去沒神能的世界是指……」

「只是作夢啦。」谷安嘆氣說：「哪有這種世界？」

這話一說，大夥兒可就一起鬆了一口氣，余華呵呵一笑說：「你是個這麼優秀的神使，怎會想去沒神能的世界？」

「我……我對大家影響太大了。」谷安說：「再這樣下去不行，會害人，會害到……總之，我要躲得遠遠的，到了王邦還不行的話，我就去更遠的蠻荒之地……」

「你只是還沒學會怎麼控制神能。」余華含笑說：「等你學會怎麼操控，就不會像今天一樣，引起這麼大的神能擾動了。」

「不只是這樣……」谷安低著頭，遲疑了片刻才說：「對不起，我不能再說了。」

這年輕人眞的很老實，不想說的就直接說不能說，也不會砌詞扯謊。鄧山想到自己這段時間莫名其妙地成爲謊話冠軍，不由得有點慚愧，連忙說：「不想說就不要說了，沒關係。」

「多謝鄧大哥。」谷安眼眶居然有點發紅，不知道是想到什麼事情。

如果余華要滿足谷安的願望，當然很簡單，送他去鄧山的世界就好，但是把個神使扔去那世界，等於廢了這個人，對余華當然一點好處也沒有，他自不願如此，所以只笑了笑說：「總之，回去之後先休息一下，再慢慢研究行止吧。」

飛艇的速度比神使飛行又快了更多，很快地，飛艇回到睿風企業。

余華打開艙門時，轉頭說：「我會幫谷小兄弟安排一間房休息……那麼，若青，妳帶鄧山回房？」

余若青臉微微一紅，點頭說：「好。」

「鄧大哥……你要去哪邊？我可以一起去嗎？」谷安不知是不是有過人的直覺，似乎有點害怕余華。

這不識趣的小子，看不出來會打擾到自己和余若青嗎？鄧山不禁有點好笑，正想婉拒，突然想起這年輕人似乎十分單純，若是讓他和余華相處下去，說不定被騙了，這可不大妥當，於是說：「若青？」

余若青本是紅透著臉，不知道在想著什麼，聽到鄧山一喚，她回過神，有些羞窘地說：「嗯？這就走嗎？」

「我想和谷安聊聊。」鄧山說：「妳覺得怎麼安排比較好？」

余若青一怔，隨即明白鄧山的意思，她心神寧定了些，點頭說：「我知道了，一起跟我來吧，我安排相隔兩間，你們可以先聊聊。」

「太好了。」谷安高興地說：「謝謝鄧大哥、余大姊……還有執行長。」

這小子還眞多禮……也許神國風俗如此吧？

余華倒是不在意，微微一笑說：「年輕人話題多，你們多聊聊。不過，鄧山，別忘了谷安畢竟不是公司的人，別不小心把公司機密說溜了嘴，那我可就不能放谷安走了。」一面呵呵笑了起來。

鄧山自然知道余華在警告什麼，乾笑說：「我知道了，執行長。」

余若青帶著兩人走到鄧山上次居住的樓層，在鄧山上次住的房間旁，打開另外一間說：

「鄧山，你用原來那間，這間讓谷安住？」

「好啊。」鄧山點頭說：「妳呢？一起來聊嗎？」

「我去你房間洗個澡。」余若青臉一紅，輕扯著鄧山的手，低聲說：「你先和谷安聊……沒事的話……再過來。」鄧山想起了上次看到的入浴美景，不由得心中一蕩，輕捏了捏余若青的小手，余若青臉泛紅潮，甩開鄧山的手，急忙奔進房中。

谷安似乎沒看過女子這般羞態，在旁邊看得一愣一愣，忍不住張大口說：「鄧大哥，我是不是打擾到你們了？」

這傻小子還沒傻到家，鄧山忍不住好笑，推著谷安進房說：「我們先在這兒聊聊。」

到了房間坐下，兩人反而不知道該聊什麼，鄧山想提醒谷安小心余華，一時又不知道該怎麼措詞；谷安似乎想告訴鄧山什麼，卻又遲疑著不敢說出口。

相對片刻，還是谷安先說：「鄧大哥，你去過王邦嗎？」

「去過。」鄧山點頭，跟著說：「王邦的人很討厭神使，說不定會殺了你，所以大家才都勸你別去。」

「我是有聽說過，王邦的人想殺神，但是我不懂。」谷安說：「若神想消滅王邦，根本是舉手之勞，神對人類這麼好，無私地將神能分享給大家用，王邦的人就算不想用，也不用當他是壞人呀？鄧大哥，你也是練內氣的，你知道爲什麼嗎？」

老實說，鄧山還眞的不清楚，不過，腦海中的金大此時已經忍不住劈哩啪啦說了一大串。鄧山只好說：「有人告訴我，這世間的神能抑制了人類的發展，不只是難以修練內氣，也很難修練到有所成就，若不是因爲神能的影響，人的壽命會比現在更長，能力也會更強，如今完全相反，所以他們希望能解除這種束縛。」

谷安愣愣地聽著，隔了片刻才說：「我聽到的和你說的不同。」

「怎麼說？」鄧安問。

「我們的經典中記載……」谷安說：「過去地球，是神和普通人都存在的世界。」

「唔？」這話可眞的讓鄧山摸不著頭腦，這兒的數千年前，不是和自己過去的歷史很像嗎？啥時是神和人都存在的世界？

谷安不知道鄧山在想什麼，接著說：「神裡面，有善神也有惡神，善神和惡神有時候會打起來，惡神有時候會胡亂欺負、戲弄普通人，善神有時候看到壞人也會懲戒。總之，那個時代，神和人的關係很密切。」

鄧山突然靈光一現，這說的挺像希臘神話的時代，於是點頭說：「後來呢？」

「後來因爲神和神的衝突越來越多，越來越劇烈，有一次，連世界都受了很大的損傷，普通人也死了很多。」谷安說：「後來人們就去求懇一個能力最強、最善良的大神，希望他能保護這個世界，保護普通人過著快樂的日子。於是大神就和眾神商議，希望神界和人界分開，讓人歸人、神歸神，從此神不再影響人類，讓人類過著快樂的生活。」

這部分就不像希臘了，不過似乎也聽過類似的，想不起來是哪個神話……鄧山不管那許多，接著問：「那麼神能是……？」

「那個大神深怕之後又產生類似的事情，於是犧牲了自己，留在人界，化出生生不息的神能。」谷安露出崇仰的神色說：「他保護著人類，保護著世界，還讓人類盡情使用他無窮無盡的神能，你們眞的不知道他有多麼偉大。」

「等等。」鄧山皺眉說：「他爲什麼怕又產生類似的事情？神不是都走了？」

「沒錯。」谷安點頭說：「但若不以神能分隔，人界和神界依然是混同的，說不定會有神回到人間，又造成破壞，所以別說不可能殺得了神，萬一眞的成功，那才是人間災難的開始。」

「花靈不是這樣說！」金大不服氣地說：「花靈說，神根本就是人變的，那個神這樣做了以後，後世的人都沒法變成神了。」

這樣嗎？鄧山一驚，問金大：「人可以變成神？」

「花靈說的。」金大說：「花靈傳下的武技，就是當初人還可以練成神的時候所用的各種招式，你沒發現花靈棍法有三分之一幾乎都沒用嗎？我也沒逼你學的那些。」

「那代表什麼意思？」鄧山問。

「我到你那個世界才想通的。」金大說：「那些是把內氣往外發出才有用的招式。」

「往外發出？」鄧山還是沒搞懂。

「就是發出體外啊。」金大說：「像那女人當初打你那一掌，只是胡亂打過去，要是有適當的招法，效果就會大不相同。」

「唔……」鄧山說：「所以，以前的世界根本就是可以內氣外發的世界？」

「對，沒有神能的世界。」金大說。

鄧山望向谷安，見谷安正一臉期待地看著自己，似乎希望自己大澈大悟，從此成爲神的信徒。鄧山不禁有點好笑，對谷安說：「有人告訴我，神是人經過修練而成的。」

谷安先是一怔，跟著忍不住笑說：「這是哪來的謠傳？鄧大哥，你想想，神的能力有多麼強大，人怎麼可能練到那種地步？差別太大了。」

「聽起來是很誇張。」鄧山說：「萬一……我說萬一啦，你先別老想著不可能，萬一眞的這樣，你感覺是如何？」

谷安一呆，還眞的認眞地想了許久，這才說：「如果眞的這樣……我還是覺得神做得對。」

「喔？」鄧山倒是有點訝異。

「你想想，就算人眞的可以成神，我們也可以推斷出，應該只是少部分。」谷安說：「所以，才會有很多普通人在那個時代受害。」

「嗯，有道理。」鄧山說。

「所以如果沒有神，於是人類又慢慢修練，又產生許多善神、許多惡神，然後又回到過去那個樣子，彼此以神的能力互相爭鬥，最後受苦的還是大多數的普通人啊！」谷安說：「所以，神能雖然讓少部分的人喪失變成神的機會，卻讓更多人快樂幸福地過著平安生活。我覺得這樣做更有道理。」

這下連金大似乎也被說服了，他在鄧山腦海中緩緩說：「這麼說的話，好像也不能眞的說神錯了。」

「你也贊同他？」鄧山有點意外。

「不。」金大說：「我只是同意他的想法有道理。但如果自私地想，我合體過的每個人，其實修練上都十分優秀，如果不是因爲神能，他們每個人都有機會成爲神，爲什麼爲了要保護其他人，就讓他們只能活一百多歲？就像你，爲什麼不能讓你永遠活下去？爲什麼你就該早死？」

永遠活下去，好奇怪的說法，鄧山苦笑說：「那你豈不是永遠沒法自由了？」

「這……倒是個問題。」這句話似乎眞的讓金大困擾了，好像陷入了沉思般，沒再說話。

「鄧大哥，你覺得我的想法怎樣？」谷安看鄧山沒反應，忍不住試探地問。

「嗯……」鄧山沉吟了一下才說：「我不能說你錯，但是我們那邊有一句話，是說……不能因爲多數人的權利而犧牲少數人的權利……你可以想想這句話。」

「唔。」谷安一呆，思索著鄧山這句話，臉色越發沉重。

本想告訴他小心余華，卻一直聊不到那邊去，鄧山想到還在隔壁等候的余若青，臉紅心跳之餘，更有些坐立不安，思索著自己是不是該回隔壁房間……畢竟今天也實在有點夠累了，從下午和朱鈞凌會面開始，就一直奔波到這個時候……眼看谷安想個不停，鄧山站起身說：「谷安，也該休息了，我們明天再聊吧？」

「鄧大哥累了啊？」谷安連忙跟著站起說：「我還好多事情想跟鄧大哥請教呢。」

「慢慢來……」鄧山頓了頓說：「不過有句話我得告訴你。」

「是。」谷安肅立說：「鄧大哥請說。」

「別緊張。」鄧山笑了笑才說：「我只是要說……這個地方不是什麼良善的地方，你不要隨便答應別人事情，知道嗎？」

谷安連忙點頭說：「我知道，鄧大哥，我會小心那個執行長。」

我有說這麼清楚嗎？鄧山呆了呆，望著谷安不知道該怎麼回應。

谷安卻是抓抓頭，尷尬地笑說：「我也不知道為什麼，從小就挺會看人，我不敢信任那個執行長，鄧大哥我就比較信賴。」

這樣嗎？鄧山苦笑說：「你不知道，我也很常騙人。」

「眞的嗎？」谷安大吃一驚，一臉意外：「你有騙我嗎？」

這倒是讓鄧山認眞地想了想，這才說：「今天跟你說的……應該大部分都是實話。」

「就是說嘛。」谷安又笑了起來：「所以鄧大哥是好人。」

「你休息吧。」鄧安不禁好笑，反正留下的目的已經達到，鄧山揮揮手，轉身出了房門。

走到隔壁門口，鄧山本想直接推門，想想還是按下門鈴，等候余若青開門。隔了片刻，門輕輕開了一個縫，余若青躲在門後說：「快點進來。」

「怎麼了？」鄧山訝異地走入，余若青卻急急忙忙地關上門。鄧山望過去，這才發現余若青穿著一條短到罩不住臀部下緣曲線的白色小熱褲，上身是裸露著纖細香肩和玉臂的細肩帶黑色小背心，腳上彷彿赤足一般，穿著雙完全透明的超薄軟底鞋，正有些羞澀地站在門口。

鄧山不禁看傻了眼，想摟摟她都有點不知該如何下手，若碰到她那光潔滑膩的肌膚，是不是自己馬上就會把持不住？

余若青偷看了鄧山幾眼，見他發呆的模樣，心中又甜又羞，但是過了片刻，還是忍不住跳到一旁，拿起放在旁邊的一件開襟絨布粉紅外袍套上，腰帶一纏，從上身到大腿全都遮了起來。

「啊？」鄧山大失所望，忍不住叫了一聲。

「怎樣？」余若青好笑地問。

「沒……沒有。」鄧山自覺好笑，搖頭說：「妳在幹嘛？」

「讓你看我買的衣服啊。」余若青笑著轉了一圈說：「這是睡袍。」

「我比較想看裡面那幾件。」鄧山大著膽說。

余若青噗嗤一笑，紅著臉說：「你根本不想看衣服吧？」

「若青。」鄧山老臉掛不住，尷尬地喊了一聲。

余若青不再逗弄鄧山，她撲到鄧山懷中，摟著他脖子低聲說：「你不用擔心，想怎樣就怎樣，我整個人都是你的。」

鄧山哪還克制得住，猛一把抱起余若青，往裡面的床鋪就走，余若青嚶嚀一聲，緊緊閉上眼睛，不知道該期待還是應該害怕。

鄧山雖沒和柳語蓉當眞雲雨，總也是夠親密了，對女性身體不像當初懵懂；而余若青似乎遠比柳語蓉生澀無知，鄧山解開外袍時，只覺余若青渾身緊繃著，緊張得微微發顫，不禁心中疼惜，不忍硬來，只輕輕撫摸著她的身軀，吻著她的唇，在她耳邊說點溫柔話語。

南谷大鎭其實並不是個太過保守的地方，但余若青從小習武，一開始打基礎的幾年時間，正是嚴禁男女關係的階段，更不會有人教導她這方面的知識；當稍微成長，卻又很快就被送到蠻荒之地，整天板著張冷峻面孔，率領一群隊伍工作。幾年下來，根本連同齡的朋友都沒有，也從不明白男女之間到底該發生什麼事情。

當然隨著成長，身體發育逐漸成熟，她偶爾也會有些光怪陸離的綺夢幻想，但畢竟與事實相差甚遠，此時在鄧山撫弄之下，全身發軟、發熱、昏暈迷醉的她，還以爲男女之事就是如此，除了緊纏著鄧山身軀之外，也不懂得更進一步的要求。

她已經放鬆了吧？自己該繼續嗎？鄧山是個身體正常的男子，當然也有需求，但不知為什麼，他此時突然想起被柳語蓉阻止的那一剎那，手不禁停了下來。

她當時為什麼突然叫停？鄧山自從那日被柳語蓉阻止之後，不只沒有再嘗試過，也沒去想過這個問題，卻不知道為什麼，在這種時刻，腦海中卻浮現出柳語蓉那帶著歉意的求懇眼神，甩都甩不開。這時候幹嘛想這種事情？為什麼還要煩惱那些？她不願就不願吧……她不相信自己愛她，難道能勉強她？而且她看的沒錯，自己確實沒幾天就出軌了……很好啊……她夠聰明，沒看錯自己……

想到這兒，鄧山不知為何，心中突然有股莫名的氣惱，再也提不起興致，他不再撫觸余若青的身軀，躺到一旁望著房頂發呆。

余若青感受到愛侶狀況有異，訝異地睜開眼睛，看了看鄧山，她調皮地滾到鄧山身上，嬌小的身軀騎壓著鄧山，俏臉正對著鄧山的臉，半嗔怪地說：「怎麼了？」

「沒什麼。」鄧山輕撫著余若青的背說：「我突然想到，其實我們才認識十天左右呢。」

余若青那張俏臉突然全無血色，顫聲說：「你覺得我……太隨便嗎……我……我從來沒有……」一面撐起身軀，要離開鄧山。

「當然不是。」鄧山連忙抱住她，眼看余若青眼睛都紅了，連忙哄著說：「我當然知道妳從來沒有，妳什麼都不懂。」

余若青眼淚只差沒掉了出來，聽到這話，心中寬慰了些，又生氣又委屈地說：「那你幹嘛……說這些……」

「我只是感嘆人和人的緣分很奇妙……才認識妳這麼短的時候，我就這麼喜歡妳。」鄧山暗嘆一口氣，自己又撒謊了。

不過，余若青倒是聽不出來，她鬆了一口氣，摟著鄧山：「我……我也是這樣覺得，但是我很高興。」

「嗯，我也很高興。」鄧山含笑望著余若青說：「剛剛感覺還好嗎？」

余若青羞笑點了點頭，但又收起笑容，低聲問：「只是這樣嗎……衣服……不用脫嗎？我以為……」

「當然不是只有這樣。」鄧山好笑地說：「只不過妳太緊張，今天先這樣就好了。」

「沒關係的，我不緊張了。」余若青連忙搖頭，一臉期待地說：「全部都做一次吧？」

全部做一次？她當成去遊樂場嗎……鄧山忍不住好笑，正想著該如何對余若青解釋時，門口卻突然響起敲門聲。

正當鄧山和余若青兩人同時一呆的時候，金大居然首先叫了起來：「哎呀！哪個混蛋啊？

我要拿棍子出去打扁他！」

「你……」鄧山忍不住說：「你不用提醒我……你一直這麼注意。」

「可是……就要全部做一次了耶，是哪個混蛋啊啊啊！」金大可眞是怒火中燒。

「誰跟你說要全部做……」鄧山老臉發紅說：「我今天不做了。」

「什麼！」金大遷怒地說：「我非扁死外面那傢伙不可。」

「山……」余若青不知道鄧山正和金大吵嘴，壓著他撒嬌說：「別理那個。」

「是啊！」金大連忙鼓吹：「別理會、別理會。」

「說不定眞有急事呢？」鄧山忍不住好笑地說：「我去看看什麼事情。」

「好吧……快回來喔。」余若青不甘願地點了點頭，放開鄧山，滾回床上。

鄧山爬起身，拉過絲被，蓋在余若青的身上，親親她紅嫩的臉龐，這才下床，還不忘把床旁拉簾拉上，免得余若青的慵懶模樣被人瞧見。

到門口按下按鈕，顯現出來訪人的模樣……果然是隔壁那個呆神官谷安，他該沒什麼急事才對吧……

「打扁他。」金大還在嚷：「不過這小子厲害，要用偷襲的！」

鄧山本想不理谷安，但是看他在門外一臉爲難的模樣，又有點於心不忍，終於打開門，跨出去說：「谷安？什麼事。」

「對不起、對不起，打擾到你了嗎？」谷安尷尬地說：「鄧大哥，我還有幾個問題想問，你方便嗎？」

「一定要現在問嗎？」鄧山苦笑說。

「最好是現在。」谷安也很為難地說：「因為……這個……」

看來不和他討論一下，是沒法打發他了，鄧山只好說：「好吧，你先回房間等，我去和若青說一聲，一會兒過來。」

「喔，好。」谷安抓抓頭又說：「對了，也幫我向余大姊道歉。」

「她不會原諒你的。」鄧山沒好氣地說。

「這……」谷安沒想到會聽到這一句，苦著臉說：「那怎麼辦？那怎麼辦？」

「我開玩笑的啦，你快去等我。」鄧山呵呵一笑，轉頭回房了。

走回房中，鄧山掀開床簾，卻見余若青臉頰緋紅地躲在薄被中，含情的眼波望著自己，身子卻是縮成一團。

在搞什麼？鄧山訝異地說：「怎麼了？」

「沒有。」余若青突然一頭鑽到被子裡去，躲了起來。

「明明有。」鄧山掀開被子，卻見側躺的余若青緊緊抱著膝蓋，身子蜷縮弓起。鄧山見狀反而擔心了，坐下低聲說：「不舒服嗎？」

「不……不是。」只聽余若青聲若蚊蚋地說：「我……人家學你剛剛那樣……感覺很奇怪……」

未免也學太快了……鄧山不知該說啥，只好不提此事，俯身摟著余若青肩頭說：「谷安又來找我了，好像還有問題很想問……我再去和他聊一下？」

余若青噘起嘴說：「他到底想幹嘛？」

「不知道……這個小弟人其實不錯，就是不大懂事。」鄧山說：「不過，他有說要向妳道歉。」

余若青臉上本就紅潮未退，此時羞意上湧，紅透雙耳，咬著唇說：「這死小子，我才不原諒他。」

「我也這麼跟他說。」鄧山忍不住哈哈大笑。

「討厭啦。」余若青捶起鄧山的胸，又羞又急地說：「你眞這樣說啊？」

「我開玩笑啦。」鄧山抓著余若青的粉拳說：「妳要在這兒等我，還是乾脆一起過去？」

「我也過去好了，他太囉唆的話，我瞪他！」余若青嘟著小嘴說。

「好兇。」鄧山輕吮了吮余若青噘起的紅唇，才說：「那妳得換一套衣服，不然我沒法專心和谷安說話。」

「啐。」余若青推了鄧山一把說：「你先去，我去洗個澡，換了衣服才過去。」

「幹嘛又洗澡？」鄧山迷惑地說：「不是才洗過。」

余若青臉一紅，說：「你管這麼多。」

鄧山會過意，臉也微微一紅，不再多問，吻了吻余若青，走出了房間。

異世遊

娶老婆要做什麼？

鄧山才剛敲門，谷安馬上就打開房門，高興地把鄧山引入，看來他根本一直就在門口等候。

「等等若青也會過來。」鄧山一面說，一面和谷安坐下。

谷安呆了呆說：「喔，好的。」

「你有什麼問題急著問我？」鄧山問。

「我想了想，還是不能在這兒發呆。」谷安說：「我得快去王邦，想問問鄧大哥該怎麼去。」

「你要飛去嗎？」鄧山訝異地說。

「對呀。」谷安說。

「王邦很遠呢。」鄧山抓頭說：「而且我幾次去，都是搭乘別人的飛艇……實際的方位不確定。」

「原來鄧大哥也不知道。」谷安一臉失望。

「若青可能知道，她等等過來，你問她好了。」鄧山說：「但是你去王邦……不怕危險嗎？」

「我只要找個地方躲起來就好了。」谷安說：「我會換掉衣服，假裝是王邦的人，不會和別人衝突的。」

「你體內神能如此龐大，又不知怎麼內斂，太容易被人以心神感受到了。」鄧山搖頭說。

「噯？」谷安似乎不知道修練內氣也可以獲得這種能力，他吃驚地說：「會被人感覺到？」

「對啊。」鄧山說：「更別提你萬一遇敵，每次使用界之後帶起的大量神能流動，太明顯了。」

「我以為……只有神使能藉著神能往外感受周圍狀況。」谷安愕然說：「原來內氣也可以？但是內氣又不能散發出去，怎麼感受的？」

這倒問倒了鄧山，鄧山搖頭說：「總之，你去那邊恐怕是永無寧日，遇到高手就更危險了……而且，王邦每個人都要帶個身分辨認的戒指，沒那東西怎麼混得過去？」

「眞糟糕……」谷安皺眉說：「那我該躲到哪邊去？域外蠻荒嗎……可是都沒人可以說話，會很無聊……」這小子果然很愛找人說話……

鄧山心念一動說：「你曾說過，希望有個沒神能的世界？」

「是啊。」谷安嘆氣說：「眞有的話，我就躲過去，問題就是沒有。」

「能跟我說為什麼嗎？」鄧山頓了頓，想起不久前谷安為難的模樣，換個口氣說：「不方便的話，不說也沒關係。」

谷安遲疑了一下，望著鄧山，似乎有點爲難。

「沒關係，不用勉強。」鄧山搖手說：「我會這樣問，只是想知道你有多堅決……又或是只是說說而已。」

谷安雖然有些不明世事，顯得有點憨直，但其實十分聰明，聽鄧安說到這兒，他眼睛一亮說：「鄧大哥，難道眞有這樣的世界可以去？」

鄧山不知爲什麼，不大願意欺騙谷安，遲疑了一下，不知道該怎麼回答。

谷安本只是抱著一線希望，看鄧山這模樣，更堅定了他心中所想，他忙說：「鄧大哥，我跟你說，我要是繼續待在這世界，可能會害死一個很好很好的人。」

「什麼？」鄧山吃了一驚。

「我不能說得太清楚。」谷安憂愁地說：「我必須離神國越遠越好，這樣影響的速度可能比較慢，但是不管多遠，都還是會有影響……所以最好就是離開這個世界，就沒關係了。」

「怎會有這種事情？」鄧山訝異地說：「而且你的體質似乎天生就適合當神使，萬一跑去沒神能的世界，等到你體內神能用光，就變成普通人了耶。」

「就是這種體質在害人！」谷安愁眉苦臉地說：「要不是這種體質，我也不用逃跑了，我變成普通人沒關係，我絕不想害死那人。」

是因爲他不會用神能嗎？也不對，余華曾這樣問過，他也說不是，以鄧山對神國、神使的認識，也想不出其他可能，只好不想，他思考了片刻才說：「確實有一個……沒有神能的世界。」

「眞的？」谷安跳了起來，高興地大聲說：「鄧大哥，這是眞的嗎？眞的嗎？」

鄧山正要回答，這時敲門聲卻突然響起。谷安吃了一驚，焦急地跳腳說：「這時候誰跑來了？」

「若青吧，剛她說過要來。」鄧山看谷安一副被打擾的模樣，倒覺得挺好笑的，余若青這可算是報仇了。

「啊！余大姊？」谷安敲著自己腦袋，奔去開門，一面說：「我倒忘了。」

鄧山跟著起身，卻見余若青換上一身輕便短裝，裡面穿的是顯露出身材曲線的白色無袖緊身衣，配上露出小截大腿的同色短褲，外面則套上一件黑色輕紗交錯疊成的蝶袖外衣，一直包到臀部收緊，雖然看得出身材，卻又不至於太過養眼。

「余大姊快請坐。」谷安連連鞠躬說：「對不起打擾到你們，我正在請教鄧大哥。」

余若青本來故意板著張小臉，聽到這句話，俏臉還是紅了紅，她不知該如何應答，只好白了谷安一眼，走到鄧山身旁，挨著他坐下。

谷安關好了門又急忙跳回，一面對鄧山說：「鄧大哥，你繼續說。」

鄧山看了看余若青的神色，解釋說：「我跟他說，有個沒有神能的世界。」

「你告訴他了？」余若青有點意外。

「原來余大姊也知道！」谷安更相信這是眞的，他摩拳擦掌，興奮地說：「可以告訴我怎麼去嗎？鄧大哥，余大姊，拜託拜託。」

「你在這兒，沒有擔心或牽掛的人嗎？」鄧山說：「如果去了那個世界，永遠都回不來這世界了。」

谷安微微一怔，茫然抬頭說：「牽掛的人嗎……也不能說沒有，但是那人更重要，比起我，比起我的親人，都重要太多了……鄧大哥，我從此再也不回來也沒有關係，如果我眞的找不出辦法，我眞的得自殺了……可是我又不想死啊……」

「怎麼會這麼嚴重……」余若青忍不住皺眉說：「你會不會弄錯了？又或者有人騙了你？」

鄧山不由得點頭，余若青這話可有道理，谷安這小子感覺很容易被騙，尤其他似乎挺相信他那莫名其妙的直覺，萬一信錯了人，豈不是被騙死了都還搞不清楚？

「這是真的。」谷安搖搖頭說：「這種大事，我怎可能會被騙，別人又怎會對我亂說。」

鄧山看著谷安，想了片刻才說：「如果你說的是真的……」

「當然是真的。」谷安忙說。

「這樣的話，是可以帶你去另外一個世界。」鄧山說：「不過……那個世界，比這兒落後很多喔，你可能會生活得不習慣。」

「沒關係，我也是來自很落後的地方。」谷安眨眨眼睛說：「那兒很多人嗎？有人可以聊天說話嗎？也有像余大姊這麼漂亮的女孩嗎？」

聽到最後一句，余若青不禁啐了一口，瞪了谷安一眼。

「人倒是比這邊多很多。」鄧山好笑地說：「有沒有人要跟你聊天，我就不知道了；至於美女……要比若青漂亮可不容易找。」

「少來。」余若青嘟嘴說：「回到那世界，你身邊美女難道還少了？」

這話讓鄧山想起了柳語蓉，他笑容一僵，忍不住嘆了一口氣。

余若青隨即察覺自己失言，不禁也勾起心事，低下頭不吭聲了。

谷安不明白眼前這兩人發生了什麼事情，他抓抓頭說：「總之，人多就好了，我不用再幹神使，我要追女朋友！娶老婆！」

「神使原來是不准娶老婆？唔……」鄧山想想又不對，南谷大鎮全都是神使，這才換了一個方式問：「還是神官才不准？」

「不是每個人都不行。」谷安呆了呆才說：「像我這種倒楣的才不行。」

「什麼啊？」余若青忍不住說：「沒聽說過這種事情，你是不是曾經對女孩子做過什麼壞事，所以不准你娶老婆？」

「沒有啦。」谷安抓抓頭傻笑說：「其實，娶老婆要做什麼我也不大清楚就是了，不過和女孩子說話感覺很舒服。」

娶老婆要做什麼？鄧山和余若青對看一眼，想起剛剛的事，兩人臉都紅了紅，沒人理會谷安。

「反正就是這樣。」谷安倒不覺得寂寞，一臉認眞地接著說：「我一定要去那個世界，求求你，鄧大哥。」

「我既然跟你提起，就是有意帶你去，只怕你不適應。」鄧山換個口氣，嚴肅地說：「這件事情你不能讓任何人知道，我現在也還在等人處理。」

「噢！」谷安認眞點頭說：「那我就等鄧大哥消息。」

「你眞的不會後悔？」鄧山又補了一句說：「想清楚喔。」

「不會。」谷安難得顯露出憂色，嘆息說：「這絕對是最好的解決方式。」

「那就和我們一起多等幾天吧。」鄧山說：「我會通知你的。」

「鄧大哥、余大姊也要去那個世界嗎？」谷安疑惑地問：「不怕回不來嗎？」

自己本是那世界的人這件事情，最好還是不要多提。鄧山想想說：「我們也有特殊的原因。」

「喔……」谷安自己沒說清楚，當然也不好意思問太多。

那差不多就這樣了吧？鄧山說：「還有其他的問題嗎？沒有的話……」

「啊，還有一個問題。」谷安望著已經開始瞪人的余若青說：「余大姊，對不起，這問題很快。」

余若青被這麼一說，反而不好意思發作了，只白了谷安一眼。

「剛剛鄧大哥提到的少數人權利問題。」谷安正色說：「我仔細思考了很久，明白這句話確實有道理，但是我還有其他想法。」

「喔？」鄧山頗感興趣地說：「你覺得道理在哪兒？又爲什麼不能認同？」

「所謂的少數或多數，只是相對而言……每一個個體，在不同的議題、情況或不同分割方法下，都可能成爲少數。」谷安說：「所以，一昧地以多數的意向決定，每個人的權利都可能被侵犯，所以不能忽略少數人的權利，比如……我們不能讓一大一小兩個群體投票，讓他們決定哪一個群體被滅絕，這麼一來，一定是少數的群體會被犧牲。」

鄧山頗感意外，他雖然聽過這句話，卻未必能像谷安一樣，解釋得這麼清楚；他只不過思考了一會兒，就已經完全了解這句話的意思了？鄧山點頭說：「很不錯呢，你繼續說。」

「適合用多數意向決定的，通常是兩者皆可選其一。」谷安說：「如果屬於是與非、對與錯、贊成和反對這種極端的問題，頂多拿來當做意見參考，不能拿來執行，否則很明顯的是多數強迫少數。」

「我聽不懂。」余若青忍不住說：「你們兩個在說什麼？」

「我等等再跟妳解釋。」鄧山微笑說：「讓谷安先說完……所以，谷安，你認為神不該那麼做，這種問題不適合讓多數人決定？」

「等等，問題畢竟還是要做個決定。」谷安說：「這種情況通常就交給當時大多數人都信賴的領導者或團體，來為這種事情做出決定。當時大家都信賴神，也希望神這麼做，而神也決定這麼做了，所以，這方法就符合眾人的期望和利益，因此我贊成。」

鄧山皺著眉頭，想了片刻才說：「好像不大對。」

「喔？」谷安吃了一驚說：「怎麼？」

「不管決定了任何方法，都要有救濟措施。」鄧山說。

「救濟？」谷安搖頭說：「什麼意思。」

「就是說……」鄧山想了想說：「萬一決定錯誤了，或者結果不如預期，該怎麼補救或改變的方法。當初決定讓這世界變成這樣，萬一這個想法數百千年後發現錯了，可有和平的補救或改善方式？還是非殺神不可？如果只剩這種不妥當的方式，這方案其實就不該推行。」

「喔……」谷安一呆，傻在那兒說不出話，隔了片刻，一臉崇拜地看著鄧山說：「鄧大哥，我好佩服你喔，你怎麼知道這麼多？」

「沒什麼……你頭腦才眞的很敏捷。」鄧山笑了笑，起身拍拍谷安肩頭說：「你再慢慢想吧，對了，拜託想到明天以後再找我討論。」

余若青跟著站起的同時，聽到鄧山這麼說，臉不禁又紅了起來。

「是、是。」谷安尷尬地說：「我今晚不會去打擾了。」

兩方道別了之後，鄧山和余若青回房。剛入門口，余若青便問：「你們剛說什麼呀，好像很深奧。」

「在討論神該不該釋放神能，使得人類難以修練內氣。」鄧山解釋，一面走到沙發坐下。

余若青靠到鄧山身邊，想了想才說：「你們的世界不是很落後嗎……你怎麼知道這麼多？」

「也許就是因爲太落後吧……」鄧山苦笑著說：「到你們這時代，管理眾人的方式不知道怎麼演變的，似乎一般人不用操心；但我們那個時代，這方面的事情才剛起步……不懂的人還太多……政客用似是而非的觀念操弄著人民，各黨派每天爲了自己的私利在吵鬧爭論，我們這些小老百姓聽多了，慢慢也會有點體會和心得。」

余若青其實也只是隨口問問，沒想到惹出鄧山一長串的感慨，她怔了半晌才說：「既然那邊這麼亂……你都沒考慮留在這邊嗎？」

鄧山一怔，望著余若青說：「妳比較喜歡這邊嗎？」

「我……我當然比較習慣這邊的生活……」余若青遲疑地說。

「可是這兒整天都是打鬥。」鄧山說：「妳不覺得很辛苦嗎？」

「其實也沒有啊。」余若青說：「我帶著一個小隊，在南墜島另外一邊尋找金靈，每天的日子也過得很單純……我們可以一起去……」說著說著，她露出高興的神色，似乎十分懷念那單純的生活。

鄧山遲疑了一下才說：「可是我因爲安陽前輩的事情……已經不大可能單純地過日子

了。」

「對……是我忘記了。」余若青小臉上的光彩消失，黯然地說。

「別這樣。」鄧山不忍地摟摟她說：「跟我去吧，我會照顧妳的。」

余若青微紅著臉，雖然有點遲疑，仍對鄧山點了點頭。

「妳還記得，上次妳巡視台灣那公司，最後妳說的話嗎？」鄧山笑問。

「什麼話？」余若青茫然地搖了搖頭。

「妳跟我說……『帶我回你家吧。』」鄧山抱抱余若青說：「這句話妳忘了嗎？我非得把妳帶回去不可。」

余若青心一甜，臉紅了起來，靠著鄧山說：「那……」

「嗯？」

「還要繼續嗎？」余若青低聲說：「我得先換下這身衣服……」

「我這樣摟著妳就好了。」鄧山說：「我剛想到一件事情。」

「嗯？」余若青有點失望地問。

「我想先和語蓉談清楚。」鄧山說。

余若青吃了一驚，有些焦急地說：「爲什麼？你擔心她不肯嗎……我……」

「不是這樣，妳誤會了。」鄧山忙說：「我只是想讓她知道，我想和妳在一起，不是因爲……」

余若青見鄧山突然停下，訝異地說：「不是因爲什麼？」

鄧山遲疑了片刻才說：「不是因爲妳願意……」

余若青不明白鄧山心中念頭的轉變，一時之間，聽不懂鄧山的語意，想了好片刻才說：「願意？我……我聽不懂。」

總不好從頭說起，鄧山輕摟著余若青說：「這些說來話長，妳相信我好嗎？我一定會好好待妳的。」

「喔……」余若青仍未釋懷，但看鄧山這麼說，也不好追問，不過心中卻頗有點忐忑。

「回去以後，我先帶妳去見我老爸。」鄧山說：「還有我大哥大嫂，還有一個才一歲多的小搗蛋。」

余若青聽得害羞，忘了剛剛的煩惱，低聲說：「你們那兒的事情，我什麼都不懂，他們會不會討厭我？」

「妳只要像現在這樣，大家就都會喜歡妳的。」鄧山說：「當初妳板起一張臉，看來很兇呢。」

「不那樣，怎麼管得住人？」余若青不依地說：「你不知道，我剛去的時候，被那些人欺負得多慘。」

「以後妳再也不用擔心這種事情。」鄧山說：「回去以後，我會找工作，負責養妳。」

余若青噗嗤一聲笑了出來，手指點了點鄧山頭說：「你還需要工作嗎？」

「怎麼？」鄧山不明白這話的意思。

「空間孔一關，那個公司的所有資產不都是你的了？」余若青抿嘴笑說：「好幾十億呢，不夠你花呀？據我所知，在那世界算挺多了。」

唔……自己都忘了，其實別說幾十億，那隨自己動用的五千萬，省點用也花不完了……不過空間孔一封，康倫等人再也不會過去，確實也要處理一下那公司的事情，不只不用再應徵新人，連舊人也沒事情做了，看看公司要轉型還是資遣，總要給人一個交代。

畢竟余若青是執行長的女兒，那份財產交到她手中，總比自己拿走名正言順。鄧山想了想說：「這種事情我不大會處理，妳上次好像挺在行的，到時候妳弄吧。」

「嗯……」余若青點點頭，有點恍惚地說：「如果我有去的話……」

「什麼？」鄧山吃了一驚，抓著余若青肩頭問。

「沒啦，我開玩笑的。」余若青回過神，一笑說：「你真有這麼擔心嗎？」

「別開這種玩笑。」鄧山皺眉說：「我眞的被妳嚇到了。」

余若青感動地窩在鄧山懷中，兩人緊緊相擁，滾倒在沙發上。雖然鄧山已下決定不偷嚐禁果，但口手溫存，卻無須太過顧忌，很快就讓余若青顚倒迷醉，不知身在何地，不過這麼一來卻是憋苦了自己，這壞處倒是始料未及。

□

這麼又過了兩日，居然什麼事情也沒發生，余華也似乎忘了三人，一直都沒出現；而鄧山一直等待著的朱勇華族老，也一樣沒有送任何消息過來。

鄧山和余若青這兩日無所事事，整天膩在一起自不待言，不過爲了避免自己太辛苦，鄧山倒也收斂不少，反而常拉著余若青一起去和谷安胡扯。除了開始那天討論的問題比較嚴肅之外，谷安後來詢問的，大多是另外一個世界的問題。他雖然看似二十歲左右，但個性上卻還挺像個十六、七歲的大男生，對許多事情充滿了好奇；不過他眞的十分聰明，不只過耳不忘，還能舉一反三、觸類旁通。比較稀奇的是，他不只不知道鄧山世界的事情，居然連這個世界的事情也不大清楚，比如此時聊到神國的事情，余若青竟似乎比他還清楚。

「你到底是哪兒冒出來的？」余若青忍不住懷疑起來：「眞的來自神國嗎？」

「是啊。」谷安一臉無辜地說：「我十五歲以前住在很偏僻的海島上，但還是算神國範圍內喔。」

「你小時候住在海島？」余若青更不信了，她上下看看谷安說：「你皮膚這麼白。」

「因爲十五歲以後，我就被帶去神都了呀。」谷安說：「然後就被關起來好幾年，沒曬到太陽，也很少人跟我說話。」

「就說你做了壞事。」余若青瞪眼說：「否則人家幹嘛關你？」

「不是啦。」谷安忙說。

「還不承認！」余若青輕拍桌子，裝生氣說：「你不老實跟姊姊說，我們不帶你去另一個世界喔。」

「余大姊不要這樣啦。」谷安苦著臉說：「我是因爲……體質這樣，才被帶去的啦。」

「喔？」余若青望望在一旁偷笑的鄧山，這才靠回椅背說：「這樣說好像還有點道理，後來呢？怎麼跑來這兒的。」

「就是因爲知道這樣下去會害到人……」谷安說：「我就想辦法逃出來了。」

「你沒想回家去看看嗎？」鄧山插嘴問。

「我要是回去，一定會被抓到的。」谷安搖頭說：「這次一定逃不掉。」

「神使遇到你，每個都變廢人。」余若青沒好氣地說：「你在怕什麼？」

「當然有比我更厲害的人。」谷安吐吐舌頭說：「遇到他，我就變廢人了。」

還有比谷安更厲害的人？鄧山心中一動，在心中對金大說：「看來安陽前輩沒錯，要是和神國衝突，王邦確實沒勝算。」

「嗯……」金大說：「不過，就算是當初和神國戰爭的時候，我也沒看過這種人，以他體內蘊含的量來說，就連城王等級的高手也無法打破他的界，要是他懂得怎麼運用神能，單是他一個人，恐怕就會是整個王邦的惡夢……」

「這麼誇張……」鄧山看看谷安，想不透怎麼會出現這種人物，而且這麼呆……

「鄧大哥。」谷安擺脫了余若青的追問，跟著又問：「你剛說到大學？」

「也是學校的一種。」鄧山之前剛解釋到高中，現在只好接著解釋：「高中讀完之後，有些人就會選擇繼續讀大學。」

「所以我剛才說，就像神國的學府一樣。」余若青搖頭說：「你居然不知道。」

「我不知道呀，他們不讓我出去。」谷安說：「我當初到神國之後，每天只看神典，然後偶爾有幾個老神官會過來看我……就這樣好多年。」

感覺好像挺慘的。鄧山皺眉說：「只因爲你有這樣的體質就把你關起來，但是關了這麼多年，並沒有解決掉你的問題啊。」

谷安呆了呆，乾笑兩聲說：「對啊。」

「你家裡還有誰？」鄧山問。

「我爸我媽，還有兩個哥哥、一個弟弟、兩個妹妹。」谷安數著指頭說：「這麼多年沒回去，有沒有再生我就不知道了。」

生的還眞多，鄧山咋舌想，若是一直這樣下去，人口越來越多，神使也就越來越多，日後會不會大家分到的神能都太少了，不夠用？

谷安不知道鄧山正胡思亂想，他接著說：「我們島上只有一個學校、一個老師，所有小孩都在那兒上課，通常是上到十六歲爲止……我十五歲開始學習吸納神法，然後有天就來了一堆人，我就被帶走了。」

「你怎麼忍了這麼多年才逃跑？」鄧山又問。

「因爲我直到前一陣子才終於能用界，也才會飛。」谷安說。

「開玩笑嗎？」余若青說：「比你差一百倍、一千倍的人都能用界了。」

「我就不會啊。」谷安又傻笑了。

「我知道了。」金大突然說：「這小子練功方式和你一樣。」

「什麼？」鄧山訝異地問。

「不只如此。」金大接著說：「他就像一直在家主祕殿裡修行的你，而且似乎沒有適應不良的問題。」

「你意思是……」鄧山說：「神能不斷向著他全身穴竅沖激灌入？」

「對，直到他儲存的量終於能抵擋了這股吸力，他才能使用界，將神能運出體外。」金大說：「這種狀況居然超過了五年的時間，難怪體內蘊藏了這麼可怕的能量……之前當然得關他起來，他沒能抵擋能量沖激之前，若隨便亂跑，身體很容易出事的，要一直保持在平靜和放鬆的狀態下才行。」

鄧山回想金大一路幫自己修練，自己短短一個月內內氣突飛猛進的狀態，居然有人這樣練了五年？那會有多可怕？這傻小子……真的要去自己的世界當廢人嗎？

「鄧大哥。」谷安發現鄧山用奇怪的眼光看著自己，忙說：「你在想什麼？」

「我……」鄧山望著谷安說：「我在想，你這樣的人離開有神能的世界，眞是太可惜了。」

「唔……」谷安瞪大眼說：「鄧大哥，你不能反悔啦……」

「好啦。」鄧山苦笑搖頭說：「眞是搞不懂你。」

「他不喜歡這樣的日子，就帶他去吧。」余若青倒是幫谷安說話：「那兒普通人很多，當個平常人也不差，而且他只要別亂用，體內的神能應該可以用很久。」

「嗯，我只是替他可惜。」鄧山點點頭，不再多提此事。

眾人沒目的地隨口亂聊中，突然余若青的通訊器響了起來，余若青接起，低聲說了幾句話，這才轉頭，皺眉對鄧山說：「執行長找我和你去。」

平靜了兩天，又有事情了？鄧山不禁也皺了皺眉，這才問余若青：「我該帶武器嗎？」

「帶著吧。」余若青遲疑了一下說：「最近事情多……不知道什麼時候會用到，我也帶上彎刀。」

「既然這樣，我連那雙鞋子也穿上吧。」鄧山說的是紫天靴。

「好。」

「我呢！」谷安跳起說：「我也可以去嗎？」

「你在這兒等我們吧。」余若青搖頭說：「執行長沒找你，你也沒法見他。」

「喔。」谷安一臉委屈，似乎有點坐立不安地說：「我有種不祥的預感。」

這話自然沒人理會，鄧山與余若青離開谷安房間，回房取武器。余若青的彎刀可以很輕鬆地掛在腰間，鄧山卻有點煩惱，在房子裡走來走去，帶著這麼長的棍子可是十分麻煩。鄧山和金大商量半天，最後終於決定把花靈棍調整成和鄧山身高差不多，鄧山可就高興了，這樣攜帶起來方便不少。

金大卻不大滿意地說：「你想練這種長度該早說，改這樣，我使用還沒關係，你根本沒練習過，萬一動手怎辦？」

「今天你不會失控吧？」鄧山問：「昨天凌晨好像失控過了？」

「對。」金大說。

「那不就好了。」鄧山說：「有架你不是都搶著要打？」

「這樣說也對啦。」金大說：「我是怕有意外。」

「該不會吧？」鄧山想起谷安剛剛最後說的話，眉頭皺了皺，散出心神往外感受，卻沒感覺到什麼特殊的地方。事實上，這棟大樓上上下下千百個神使走來走去，很難查探出有什麼變化。

鄧山和余若青搭乘著電梯往兩百五十樓移動，鄧山一面說：「我一直想不懂，這大樓三百層，爲什麼執行長不是在最高樓？」

「爲了安全啊。」余若青理所當然地說：「在最高層的話，萬一敵人來怎麼辦？」

「唔……也對。」自己老是跳脫不掉舊思維，這兒敵人可是會飛的。鄧山笑說：「那什麼樣的單位可以踩在執行長頭上？」

「上面五十層除了守衛以外，大多是空的。」余若青說：「好像有些地方拿來當倉庫放東西，不過不多。」

「好浪費喔。」鄧山嘖嘖說：「五十層樓不用。」

「當時這些樓層本來就是為了防敵而蓋上去的。」此時已經到了兩百五十層，余若青一面走出電梯一面說：「你不覺得這一層特別高嗎？」

「對喔。」鄧山仰頭望望，果然是挑高的格局。

「連秘書。」余若青一面打招呼一面說：「執行長要我們過來。」

「若青小姐、鄧山先生。」連秘書微笑說：「執行長有交代，你們進去等等，他馬上回來。」

余若青有點意外，帶著鄧山往裡面走，一面疑惑地低聲說：「怎麼剛叫我來，自己卻有事了……」

「等等看吧。」鄧山才剛這麼說，門外又走了一人進來，卻是吳沛重，他看到兩人，似乎也有點意外，點點頭，沒說什麼。

「吳叔叔也來了？」余若青有點意外地說：「那麼……輪值的神使們也跟著上來了嗎？」

「嗯。」吳沛重說：「都在外面等候執行長指示。」

余若青微微皺了皺眉，望望鄧山施了個眼色，卻沒開口。鄧山一時會不過意，不明白余若青想說什麼，但是卻又感受到，余若青該有重要的事情想告訴自己，卻又不便在吳沛重面前說。

「她該是想到一百五十層那兒，防禦空虛了。」金大提醒鄧山說：「如果有敵人，谷安會有危險。」

「谷安到了這兒的事情應該很隱密吧？」鄧山微驚下散出心神，一面說：「會有敵人嗎？」

「如果是上次那些高手的話，你體察不到的。」金大說：「就像那時我們一躲起來，他們就找不到，你們都已經超越內斂內氣的階段了。」

「如果眞有狀況，你願意幫谷安嗎？」鄧山頗有點擔心，因為金大十分討厭神使。

「他例外啦。」金大說：「反正他打算去你的世界了，去了那邊，就算不上神使。」

「嗯，那……」鄧山轉頭對余若青說：「我下去看看好了？」

余若青確實是擔心此事，不過執行長說了要找自己和鄧山來，鄧山這時候離開，會不會得罪了執行長？若不是擔心這個問題，余若青早已直說了，此時見鄧山如此詢問，余若青不禁有點拿捏不定。不過，很少說話的吳沛重倒是先開口了：「鄧山先生，我不贊成。」

「吳叔叔？」余若青一怔。

「讓執行長等候並不妥當。」吳沛重說完微微一笑，不再說話了。

難道……鄧山微微一驚，難道余華把谷安出賣了？想到這兒，鄧山提著棍子就要往外走，讓吳沛重不至於出手攔阻自己。

「等等。」余若青突然一拉鄧山，搖了搖頭。

「怎麼？」鄧山低聲問。

「要替自己想想……」余若青低聲說。

此時得罪余華確實大不妥當，尤其朱家那兒一直沒消息，朱勇華那胖老頭對自己似乎也不怎麼友善，說不定陽奉陰違，放著不管，自己這麼苦等下去可就糟糕了。

但是就此不管谷安嗎？想到谷安看著自己時，那清澈信賴的眼神，鄧山心一緊，搖頭說：「不行，妳在這兒等我。」說完，放開余若青的手，走到門口。但走到那兒，本該會自動開啓的門戶卻沒主動打開，鄧山呆了呆，回頭望望余若青，見她又擔心地微微搖頭，還是在勸阻自己。至於吳沛重，看著自己的神色也有幾分怪異，彷彿有三分擔憂，又有三分覺得麻煩。

看來要他們幫忙開啟，是不可能的，鄧山詢問金大說：「怎麼辦？」

「從玻璃窗打出去。」金大說：「你運足十成力到棍上，除了這種超厚的多層金屬門，一般建築材料擋不住的……除非這層也是用建造避難所的特殊材質做，然後都沒窗戶。」

這兒總是使用那種雲海之上的空間特效，三面一望無際，即使不是初次進入，鄧山仍根本不知道有沒有牆壁或玻璃窗。鄧山正遲疑間，金大說：「朝東那一大片該是玻璃窗，其他地方都有電路在走，只有那中間一大片特別繞過了。」

對了。金大對電流有感應……不過直接衝過去破窗而出，會不會太誇張了，連轉圜的餘地都沒有了……鄧山微一遲疑間，突然感覺到下方一陣神能巨大波動，同時有大量的能量正互相激盪爆裂散出，跟著又是神能的快速匯集，這當然是……谷安遇敵了！

這時候沒法再遲疑了，鄧山心念一動間，金大已經很有默契地接手，彈身揚棍間，腳下的紫天靴已經啟動，長棍充滿了鄧山迫出的內氣，轟地一下擊破了那片巨大堅厚的玻璃，直接往外穿了出去。在金大控制下，紫天靴運行流暢的程度恐怕沒幾個人比得上，除非紫天團中有那種腳靈活度不輸於手的人，否則很難與他相較。只見鄧山在空中順暢地一轉，加速往下直落，到了一百五十層樓時急停轉向，又是一棍破開落地窗，往裡面走道衝了進去。

此時谷安房間那兒正不斷傳出能量爆震感，似乎正有人不斷向谷安攻擊，而谷安也只能一直用界抵擋……這兒沒什麼騰挪的空間，若是對方上下左右四面八方都包住了，對身爲神使的谷安可是大爲不利，何況他連攻擊的方式都不大清楚。想到這兒，鄧山更是焦急，只見金大帶著自己快速飛過空無一人的休閒廳與甬道，一轉眼就轉入自己和谷安住房前的走廊，果然谷安的房門口已經大開，裡面不斷激散出強烈的能量。

上下呢？谷安怎不往那邊逃？一面迅速接近，鄧山的心神一面散出轉過，除了感受到房間裡面巨大的能量衝突之外，上下似乎也分別有好幾個人，各自在武器上凝聚了強大的能量。所以如果不打破上下樓層，可能敵人還少一點？鄧山思考間，金大已經帶著鄧山衝入谷安房中，只見除了門口這邊之外，其他三面牆壁都已經被打穿，八個帶著紫面罩的高手，正此去彼來地輪番以武器向著谷安攻擊，谷安不知如何應付，只能在每一次敵方攻來的時候，破出強大的界抵擋。對方也不和谷安硬撼，互相損耗了大量能量之後，就退回原地，換另一個人繼續，是很典型的車輪戰。

金大也不客氣，剛搶入房中，馬上甩動手中棍，向著最近一個人後方腦門直接劈過去。這些人沒想到突然有敵人出現，那人猝不及防下，只險險閃過頭部，仍被棍敲到肩膊處，不禁唉地一聲滾到地面。

「鄧大哥！」谷安高興地歡呼一聲，不等鄧山招呼，御使神能，向著他打開的缺口衝了過來。

同一時間，上下樓地板同時崩裂，一時也看不出有多少人湧入，鄧山只感覺到自己被三、四人包圍著攻擊，而谷安也是上下都有敵人襲擊，兩人都被攔了下來。

這些人可都是高手，這麼一逼，鄧山的活動範圍立即大幅縮小，若不是金大經驗豐富，連在這斗室中一樣能靈活運用著紫天靴飛轉，恐怕早已經被敵人卡在牆腳掙扎了。

「叫那小子用全力釋放界。」金大突然嚷嚷：「都快死了還顧忌什麼？」

「全力？」鄧山訝然問：「他沒用全力？」

「還差得老遠！」金大說：「他只是用相對的力量在抵擋攻擊，但是這樣下去，他的神能慢慢還是會耗光的。」

這白痴小子……鄧山忍不住揚聲說：「谷安！你還客氣什麼，用全力放出界！」

「全力？」谷安一怔說：「危險耶。」

「什麼危險……」鄧山沒好氣地說：「我們才眞的快危險了！」

「喔……」谷安這才發現鄧山也被逼得到處亂轉，而且自己這樣下去確實不大妥當，只好抓抓頭說：「鄧大哥，你跑遠點。」

不待鄧山轉告，金大已經帶著鄧山開始往外門外繞，還好除了他之外，根本沒人能在這房中使用紫天靴。靠著紫天靴的高速，鄧山想幫谷安開路雖是力有未逮，想逃跑可就遊刃有餘，只看他幾個亂轉，追擊鄧山的人一片紛亂中，鄧山已經破牆而出，往自己衝入的方向掠去。

剛衝出窗外沒兩秒，一股強大的神能猛然爆出，谷安的房間立即向著四面崩裂，連帶著圍困他的十餘人，誰也停不住身軀，紛紛聚集能量護體往外退。只見一股強烈的氣流向著四面八方直衝，這附近一串房間牆壁通通往外翻倒，上下樓層地板也往外急翻。谷安這一爆，上下被他打穿了五層樓，周圍二十多公尺內，沒有任何東西能停留在原地。

谷安正浮在能量散出點的正中心，見眾人已經通通被逼退，他一收界，周圍神能立即狂暴而迅速地向著他湧入。

「快來。」鄧山忙叫。

「好。」谷安御使神能，隨著鄧山便跑，兩人同時往東方急穿出去。

《異世遊3》完

下集預告

異世遊 4

紫天團來襲！
谷安陷入危機，
傳送裝置攻防戰，
眾人究竟該怎麼脫困？

鄧山帶著谷安返回自己的世界，
少年神使初訪地球——
棘手的事一籮筐，
更要照顧谷安，
鄧山和金大下一步棋究竟該怎麼走？

天選中心的人再次出現在鄧山面前，
還帶來了「遁能」這種能量的訊息，
這到底是什麼鬼能量？

2008年12月出版預定

蓋亞文化圖書目錄

書名	系列	作者	ISBN	頁數	定價
恐懼炸彈（新版）	都市恐怖病	九把刀	9789867450340	320	260
大哥大	都市恐怖病	九把刀	9789866815690	256	250
冰箱	都市恐怖病	九把刀	9789867929761	240	180
異夢	都市恐怖病	九把刀	9789867929983	304	240
功夫	都市恐怖病	九把刀	9789867450036	392	280
狼嚎	都市恐怖病	九把刀	9789867450142	344	270
依然九把刀（紀念版）	非小說・九把刀	九把刀	4710891430485		345
綠色的馬	九把刀小說傑作選	九把刀	9789866815300	272	280
後青春期的詩	九把刀小說傑作選	九把刀	即將出版		
樓下的房客	住在黑暗	九把刀	9789867450159	304	240
獵命師傳奇 卷一～卷十二	悅讀館	九把刀			各180
獵命師傳奇 卷十三、卷十四	悅讀館	九把刀			各199
臥底	悅讀館	九把刀	9789867450432	424	280
哈棒傳奇	悅讀館	九把刀	9789867929884	296	250
魔力棒球（修訂版）	悅讀館	九把刀	9789867450517	224	180
都市妖1　給妖怪們的安全手冊	悅讀館	可蕊	9789867450197	240	199
都市妖2　過去我是貓	悅讀館	可蕊	9789867450241	232	199
都市妖3　是誰在唱歌	悅讀館	可蕊	9789867450272	208	180
都市妖4　死者的舞蹈	悅讀館	可蕊	9789867450357	240	199
都市妖5　木魚和尚	悅讀館	可蕊	9789867450395	240	199
都市妖6　假如生活騙了你	悅讀館	可蕊	9789867450425	200	180
都市妖7　可曾記得愛	悅讀館	可蕊	9789867450562	240	199
都市妖8　胡不歸	悅讀館	可蕊	9789867450623	240	199
都市妖9　妖・獸都市	悅讀館	可蕊	9789867450753	240	199
都市妖10　妖怪幫幫忙	悅讀館	可蕊	9789867450784	240	199
都市妖11　形與影	悅讀館	可蕊	9789867450951	240	199
都市妖12　小小的全家福	悅讀館	可蕊	9789867450982	240	199
都市妖13　圈套	悅讀館	可蕊	9789866815539	240	199
都市妖14　白鶴與蒼狼	悅讀館	可蕊	9789866815287	224	199
青丘之國（都市妖外傳）	悅讀館	可蕊	9789867450470	320	220
都市妖奇談 卷一～卷三（完）	悅讀館	可蕊	9789866815058		各250
捉鬼實習生 1 少女與鬼差	悅讀館	可蕊	9789866815119	208	180
捉鬼實習生 2 新學期與新麻煩	悅讀館	可蕊	9789866815126	240	199
捉鬼實習生 3 借命殺人事件	悅讀館	可蕊	9789866815263	352	250
捉鬼實習生 4 兩個捉鬼少女	悅讀館	可蕊	9789866815270	256	199
捉鬼實習生 5 山夜	悅讀館	可蕊	9789866815409	208	180
捉鬼實習生 6 亂局與惡鬥	悅讀館	可蕊	9789866815416	240	199
捉鬼實習生 7 紛亂之冬（完）	悅讀館	可蕊	9789866815515	240	199
捉鬼番外篇；重逢	悅讀館	可蕊	9789866815652	320	250
百兵　卷一～卷三	悅讀館	星子	9789867450456	192	各180
百兵　卷四～卷八（完）	悅讀館	星子	9789867450531	272	各199
七個邪惡預兆	悅讀館	星子	9789867450913	272	200
不幫忙就搗蛋	悅讀館	星子	9789867450258	308	220
陰間	悅讀館	星子	9789866815027	288	220
黑廟　陰間2	悅讀館	星子	9789866815577	256	220
無名指　日落後1	悅讀館	星子	9789866815362	336	250
囚魂傘　日落後2	悅讀館	星子	9789866815446	288	240
蟲人　日落後3	悅讀館	星子	9789866815713	280	240
太歲（修訂版）　卷一～卷七	悅讀館	星子	即將出版		
太古的盟約　卷一～卷四	悅讀館	冬天			各240
太古的盟約　卷五～卷八	悅讀館	冬天			各199

東濱故事集　惡都1	悅讀館	喬靖夫	即將出版		
惡魔斬殺陣　吸血鬼獵人日誌 I	悅讀館	喬靖夫	9789867450821	240	199
冥獸酷殺行　吸血鬼獵人日誌 II	悅讀館	喬靖夫	9789867450838	240	199
殺人鬼繪卷　吸血鬼獵人日誌 III	悅讀館	喬靖夫	9789867450920	240	199
華麗妖殺團　吸血鬼獵人日誌 IV	悅讀館	喬靖夫	9789867450937	368	250
地獄鎮魂歌　吸血鬼獵人日誌 特別篇	悅讀館	喬靖夫	9789867450999	192	129
殺禪　全八卷	悅讀館	喬靖夫			各180
誤宮大廈	悅讀館	喬靖夫	9789866815423	256	220
天使密碼 01 河岸魔夢	悅讀館	游素蘭	9789866815386	272	220
天使密碼 02 靈夜感應	悅讀館	游素蘭	9789866815614	256	220
異世遊1	悅讀館	莫仁	9789866815584	304	240
異世遊2	悅讀館	莫仁	9789866815591	304	240
異世遊3	悅讀館	莫仁	9789866815720	296	240
山貓　因與聿案簿錄1	悅讀館	護玄	9789866815560	256	220
水漬　因與聿案簿錄2	悅讀館	護玄	9789866815645	256	220
彩券　因與聿案簿錄3	悅讀館	護玄	9789866815775	256	220
伏魔　道可道系列1	悅讀館	燕壘生	9789867450630	168	139
辟邪　道可道系列2	悅讀館	燕壘生	9789867450647	168	139
斬鬼　道可道系列3	悅讀館	燕壘生	9789867450722	224	180
捜神　道可道系列4	悅讀館	燕壘生	9789867450739	224	180
道門秘寶　道可道系列5	悅讀館	燕壘生	9789866815522	320	250
活埋庵夜譚（限）	悅讀館	燕壘生	9789867450333	224	200
仇鬼豪戰錄 套書（上下不分售）	悅讀館	九鬼	9789866815379		499
彌賽亞：幻影蜃樓 上下兩部	悅讀館	何弼＆ 櫻木川	9789867450609	240	各180
希臘神諭	悅讀館	戚建邦	9789866815706	320	250
銀河滅	悅讀館	洪凌	9789866815508	288	240
公元6000年異世界（新版）	悅讀館	Div	9789866815621	312	240
天外三國　全三部	悅讀館	Div			各180
永夜之城　夜城1	夜城	賽門・葛林	9789867450760	288	250
天使戰爭　夜城2	夜城	賽門・葛林	9789867450845	304	250
夜鶯的嘆息　夜城3	夜城	賽門・葛林	9789867450968	304	250
魔女回歸　夜城4	夜城	賽門・葛林	9789866815041	336	280
錯過的旅途　夜城5	夜城	賽門・葛林	9789866815232	352	299
毒蛇的利齒　夜城6	夜城	賽門・葛林	9789866815393	360	299
影子瀑布	Fever	賽門・葛林	9789866815607	464	380
善惡方程式（上下不分售）	Fever	珍・簡森	9789866815478	842	599
德莫尼克（卷一）不是所有的孩子都是天使	符文之子2	全民熙	9789867450388	336	280
德莫尼克（卷二）微笑的假面	符文之子2	全民熙	9789867450418	336	280
德莫尼克（卷三）失落的一角	符文之子2	全民熙	9789867450449	336	280
德莫尼克（卷四）劇院裡的人們	符文之子2	全民熙	9789867450579	352	280
德莫尼克（卷五）海螺島的公爵	符文之子2	全民熙	9789867450692	336	280
德莫尼克（卷六）紅霞島的秘密	符文之子2	全民熙	9789866815089	368	280
德莫尼克（卷七）躲避者，尋找者	符文之子2	全民熙	9789866815355	368	299
德莫尼克（卷八）與影隨行（完）	符文之子2	全民熙	即將出版		
符文之子 卷一：冬日之劍	符文之子1	全民熙	9789866815133	360	299
符文之子 卷二：衝出陷阱，捲入暴風	符文之子1	全民熙	9789866815140	320	299
符文之子 卷三：存活者之島	符文之子1	全民熙	9789866815157	336	299
符文之子 卷四：不消失的血	符文之子1	全民熙	9789866815164	352	299
符文之子 卷五：兩把劍，四個名	符文之子1	全民熙	9789866815171	352	299
符文之子 卷六：封印之地的呼喚	符文之子1	全民熙	9789866815188	352	299
符文之子 卷七：選擇黎明（完）	符文之子1	全民熙	9789866815195	432	320
羅德斯島傳說1：亡國的王子	羅德斯島傳說	水野良	9789867450487	288	240
羅德斯島傳說2：天空的騎士	羅德斯島傳說	水野良	9789867450555	320	240

*實際定價以各書版權頁爲準

國家圖書館出版品預行編目資料

異世遊／莫仁 著；.——初版.——台北市：
蓋亞文化，2008.08-
冊；公分.

ISBN 978-986-6815-72-0 (第3冊；平裝)

857.83 97010034

悅讀館 RE133

異世遊 3

作者／莫仁
封面設計／克里斯
企劃編輯／魔豆工作室
電子信箱◎thebeans@ms45.hinet.net
出版／蓋亞文化有限公司
地址◎台北市103赤峰街41巷7號1樓
電話◎（02）25585438 傳眞◎（02）25585439
網址◎www.gaeabooks.com.tw
部落格◎gaeabooks.pixnet.net/blog
服務信箱◎gaea@gaeabooks.com.tw
投稿信箱◎editor@gaeabooks.com.tw
郵撥帳號◎19769541 戶名：蓋亞文化有限公司
總經銷／聯合發行股份有限公司
地址◎新北市新店區寶橋路二三五巷六弄六號二樓
電話◎（02）29178022 傳眞◎（02）29156275
港澳地區／一代匯集
電話◎（852）27838102 傳眞◎（852）23960050
地址◎九龍旺角塘尾道64號龍駒企業大廈10樓B&D室
初版一刷／2008年11月
定價／新台幣 240 元
Printed in Taiwan

ISBN／978-986-6815-72-0

GAEA

GAEA